LA MER ET AU-DELÀ

Yann Queffélec a reçu le prix Goncourt avec *Les Noces barbares*, son deuxième roman, en 1985. Il a publié de nombreux romans, un *Dictionnaire amoureux de la Bretagne* et un *Dictionnaire amoureux de la mer*, mais aussi une biographie d'Éric Tabarly. Fasciné par le destin tragique de Florence Arthaud – « Antigone de la mer », vainqueur de la course du Rhum en 2010 –, il a souhaité raconter le « roman » de sa vie dans *La Mer et au-delà*.

Paru au Livre de Poche :

L'Amante
L'amour est fou
Demain est une autre nuit
Mineure
Moi et toi
Naissance d'un Goncourt
Le Plus Heureux des hommes
La Puissance des corps

YANN QUEFFÉLEC

La Mer et au-delà

RÉCIT

CALMANN-LÉVY

ISBN 978-2-253-93495-0 – 1re publication LGF

À Florence Arthaud
À César Roberto Abate
À Juan Carlos Castillo
À Édouard Gilles
À Brice Guilbert
À Volodia Guinard
À Lucie Mei-Dalby
À Camille Muffat
À Laurent Sbasnik
À Alexis Vastine

les dix victimes de l'accident aérien survenu le 9 mars 2015
vers dix-sept heures locales en Argentine,
au-dessus de Villa Castelli.

Aparté

Fille au naturel, et même fifille et maman par amour de la vie, Florence n'était pas moins un garçon manqué, un vrai loup de mer à l'instar de Moitessier, au même titre que Tabarly, Kersauson, Terlain, Pajot, Riguidel, Autissier, Péan, Loïck Peyron, Lamazou, Boucher, Gabbay, Parisis, Étienne, Jourdain, Parlier, Auguin, Jeantot, Dubois, Desjoyeaux, Thiercelin, Laurent, Poupon, Joyon, de Broc, Le Cléac'h, Gabart, Le Cam, Loizeau, Chabaud, Coville, et…

… et bien sûr Malinovsky, Jaouen, Escoffier, Marchand, Timsit, Dinelli, Petipas, Lemonchois, Caseneuve, Charpentier, Gelinas, Carpentier, Delage, Le Cornec, Monnet, Gautier, Berthillier, sans oublier…

… sans oublier les marins d'ailleurs, les marins d'autrefois, les marins en devenir, sans oublier feu les inoubliables dont Colas, Caradec, Linski, Moussy, Guillet, Vatine, Gilard, Bourgnon, Roufs : humbles seigneurs de la voile extrême que la mer a pris au dépourvu, comme disait l'autre à ces regrettés loups qui rabâchaient face au vent, du sel plein la voix :

Je tiendrons.
Je reviendrons.
Je repartirons.
Je gagnerons.
J'en crèverons.

Tous ces fiers chenapans de la mer n'avaient que la mer en tête et la voile, un rêve sans nom à la gloire du vent, aussi puissant qu'un dernier verre de l'amitié dans un port inconnu.

Voilà. J'ai horreur des « préfaces », rien que le mot. J'aime les îles désertes et les livres déserts. J'ai besoin qu'un roman n'ait jamais été lu avant moi, par le préfacier ni personne, pas même l'auteur dont j'arrache la photo sur la couverture. Généralement sa tronche de cake ne me revient pas, qu'est-ce qu'elle fout là ! Je n'ai besoin d'aucun Vendredi pour m'aider à tourner les pages et à pleurer sur le mot « FIN », dernier radeau à sombrer sous mes pieds.

Seul à bord.

Seul à traverser.

Solitaire, parfois, jamais seul, pardon !

Ce que vous venez de lire est un aparté entre vous et moi.

Ce que vous entendrez en lisant la suite n'a pas toujours été dit expressément par les causeurs impliqués, j'imagine. Mais lorsqu'on écrit – et vous le savez bien si vous écrivez –, on a les oreilles qui sifflent, on a des voix comme les possédés qui s'emparent de nous. De quel droit leur dire : « Taisez-vous, laissez-moi écrire », « Oh, la ferme ! », « Arrière, menteuses ! », et d'ailleurs comment se boucher les oreilles ? Oser incriminer les acouphènes ou les vampires ? Comment refuser la parole au héros, à ses proches, à ses démons ? Ou se la refuser à soi-même ? La vérité ne tient pas qu'à des souvenirs sous garantie, lorsqu'on écrit sur les autres, qu'à du témoignage ou des preuves. Elle émane aussi des « présences » dont elle veut bien s'entourer, de l'inflexion des voix qui les hantent bon gré mal gré. Et la musique a toujours le dernier mot, dans l'histoire, la note à pleurer qui change tout.

Chère Flo.

Chère lectrice.

Cher lecteur.

Certains d'entre vous diront : Ce n'est pas elle. Ou bien : Ce n'est pas vrai. Ou bien : Ça ne s'est pas passé exactement comme ça. Rien ne se passe exactement « comme ça », dans la vraie vie. Et la tragédie peut cadencer les choses à sa manière, exagérer la vie pour mieux cerner la vérité, toute la vérité. Pour ce qui est d'exagérer, entre nous, ce n'est pas demain la veille que la vie lâchera le pompon. La « petite fiancée » devait épouser la mer ? Eh bien c'est le destin qui l'a baguée, en noces d'or, un pied de nez à l'océan, sa dernière exagération. De personne physique elle est devenue personnage, une sphinge de mythologie comme Antigone ou Cordélia, symbole et mystère de la jeunesse au féminin. Reviens, Anouilh, reviens Sophocle, reviens William.

J'ai écrit le premier aparté ci-dessous il y a longtemps, très longtemps, une petite semaine avant le J-C[1].

« Florence avait l'air de considérer que nous aurions tout intérêt à faire un livre ensemble, un jour. Elle écrirait, j'écrirais, on écrirait. Sur la mer, sur les bateaux, sur la vie, sur un peu tout. Elle avait repéré en moi le patachon qu'elle aimait bien chez elle. Je pensais, lui disais, lui répétais qu'il n'avait aucune chance d'exister, ce livre, aucune raison. Et qu'en plus, ou en moins, je n'avais pas une minute à lui consacrer. Comme quoi, il n'y a que les imbéciles qui ne… etc. »

C'est bon, brigadier,
tu peux frapper les trois coups.

---

1. Le « Jour du confinement ». Rien à voir avec l'inventeur de l'âme universelle.

« Elle pense qu'elle va surgir soudain de la maigre jeune fille noiraude et renfermée que personne ne prenait au sérieux dans la famille et se dresser seule en face du monde. Elle pense qu'elle va mourir, qu'elle est jeune et qu'elle aussi, elle aurait bien aimé vivre. Mais il n'y a rien à faire, il va falloir qu'elle joue son rôle jusqu'au bout… »

Jean ANOUILH

1

Ni mon Amante ni mon Amie

J'écris ces mots dans un manoir désert, au bord de la rade de Brest. Il fait nuit, il pleut, il vente, et ça me va très bien. C'est comme une hypnose, le vent du large. On parle tout seul entre veille et sommeil. On radote, le stylo à la main, on boit du café ni chaud ni froid. On a des causeries intimes avec soi-même, avec les péris en mer, nos frères, nos chers amis qu'on les ait approchés ou non. Eh, mon Tabarly, pourquoi tu nous as fait ça ? Tu avais vraiment besoin de l'amener en Écosse, ton *Pen Duick* au ras de l'eau ? Eh, mon brave Colas, brave entre les braves, tu ne le savais pas, sans doute, qu'il était pourri d'électrolyse, ton vieux multi d'alu, ton cageot ? Oh, mon Linski, mon pote méridional, qui c'est qui commande, sur le voilier ? La tempête ou le marin ? Eh goémonier du chenal du Four, ton litre étoilé vert, ton *Pacha* ? Qu'est-ce qu'il foutait dans ta poche, aux trois quarts vide, quand on a débarqué ton corps sans vie sur le granit de l'Aber-Ildut ? Et toi, ma Florence, Flo, Mimine, de quoi elle a l'air ta sortie ? Un hélicoptère ! Un hélicoptère de fortune pour la fiancée du grand bleu. Elle te l'avait bien dit, pourtant, la sorcière de Buenos Aires, quelques jours plus tôt : Gare au feu ma jolie ! Un voilier t'a rendue célèbre : un hélicoptère aussi, lui pour te disperser en fumée comme une illusion. Vous étiez trois sur la banquette arrière, trois stars aux yeux bandés. Camille, Alexis et toi. Nageuse, boxeur, loup de mer. Et vous espériez quoi, dans votre hélico fatal ? Des sous ? Plein de sous ? La rumeur l'a dit en ricanant. Ils ont cramé, les sous. D'après moi c'était l'amour, votre motivation, le grand amour du public volage. On ne vous aimait plus, pas assez. Vous aviez l'âme en peine et *Dropped* vous assurait amour et lumière, le destin s'est invité à bord. On vous aimera toujours, désormais.

C'est pour Florence que j'écris ces mots. Il va me falloir en aligner quelques-uns si je veux les changer en un livre fini, traversé. Dans quel but ? Seul le vent connaît la réponse, marin. On ne comprend pas ce qu'il dit, mais on lui fait confiance. On entend parler la mer, dans sa voix, comme si des gens murmuraient autour de nous, autour de moi. Bon, tu la connaissais, Florence, Flo, Mimine, mais pas si bien que ça. Elle n'était ni ton amie ni ton amante, après tout. Vous avez navigué ensemble une seule petite fois en Méditerranée, sur ton voilier de cocagne, au moteur. Et naviguer ne signifie pas forcément prendre la mer : vous n'avez jamais pris la mer en duo, en équipage, jamais fait corps et âme avec le voilier, jamais crié de joie dans les grands surfs où il déboule en vol plané, jamais eu peur en vous disant : trop haut, trop dur, trop creux, trop fort, beaucoup trop, ça va merder, jamais pataugé dans l'habitacle sens dessus dessous d'un « multi » retourné dans un lof éclair, l'angle mort critique, non, rien de tout ça, la balise Argos déclenchée, les secours qui n'arrivent pas, la nuit glaciale… Et les riches heures qu'on est amenés à se remémorer, quand la mer vous a portés ensemble : portés, menacés, tourneboulés, terrifiés, on ne peut vraiment pas dire que vous les ayez partagées tant que ça.

Tu la voyais de loin en loin, par hasard ou par destinée. Et quand vous parliez tous les deux, c'est vrai, vous étiez complices de toujours : le rire, la voile, l'Iroise, les îles du Ponant finistérien, les romans à l'eau de rose, la musique et Johnny, les mots plus vaches et migrateurs que l'océan, le CO_2 galopant, la fureur de vivre bien mal perçue dans le monde actuel… C'était un moment d'affinités retrouvées, comme une promesse d'avenir. Vous vous sépariez à contrecœur, on se revoit vite, Florence, on s'appelle demain, et bon vent d'ici là, fais gaffe… Ensuite il pouvait s'écouler des mois sans que ni toi ni moi ne téléphone à l'autre ou cherche à s'en inquiéter. Jusqu'au jour où la mer se chargeait du moment et du lieu, surprise ! Rappelle-toi Brest, La Trinité, Ajaccio, Vannes, Gargalu, Saint-Malo, cette poésie des choses entre quat'z'yeux, en trinquant à la vie, ces rigolades qui faisaient de toi ma sœur, ma petite sœur, et moi ton frère de l'Ouest comme si nous étions du même sang, du même souvenir.

« Ton frère », j'ai dit… C'est une image, Florence, un lien métaphorique avec toi. Tu écrivais ce qui serait ton dernier livre, la dernière fois qu'on s'est croisés à Brest. Tu ne savais pas quand tu l'aurais fini, si tu en verrais la fin. Tu te demandais un peu où tu allais, quelle forme lui donner. Un récit personnel sur la difficulté d'être marin chez les marins, quand on est femme et qu'on ose gagner contre les garçons. Tu ne rigolais pas du tout, ce soir-là. Les hommes en faisaient trop, disais-tu. Ils voulaient se garder la mer pour eux, l'horizon, les trophées, continuer à ricaner quand les chialeuses grimpaient au mât – gros cul et biceps de carton bouilli ! Un peu d'humour, la grosse, sinon reste chez toi ! Un peu d'humour aussi, les gars, quand la chialeuse vous rend des points sur l'océan, un peu de fair-play. Et si c'est arrivé ça recommencera, l'humour est patient, la femme aussi têtue que vous. Au stade de l'écriture où tu parvenais, trop souvent dérangée par les tracas pécuniaires, tu disais caler sur le portrait d'un homme que tu appelais « le soleil de mon enfance » : Jean-Marie, ton frère, ton grand frère disparu en 2001.

« J'ai effacé sa voix sur mon répondeur, j'ai jeté sa veste de quart à la mer avec son odeur », écrivit Flo.

Voyant ton regard s'embuer j'avais dit : « Moi aussi, je m'appelle Jean-Marie, pour l'état civil. » Tu n'avais pas réagi, absorbée dans tes pensées. Je m'étais enferré : « Yann, c'est du breton. »

Tu avais ri, soudain, jeté des mots bretons comme un écran de fumée entre nous, haïssant le gaffeur assez nigaud pour s'appeler « Jean-Marie » devant toi, et s'en vanter. Après ça, tu penses bien, plus un mot sur ton frangin. Il était mort en mer, je n'ai jamais su comment. On a dit qu'il avait mis fin à ses jours, tu l'as d'ailleurs écrit. À quoi met-on fin quand on choisit l'absence, le grand départ, à quelle incompréhension du monde où l'on se cherchait une île ? Sur son geste, aucune explication, mystère. Et mystère aussi les circonstances de l'accident qui met fin à tes jours à toi dans le ciel de Villa Castelli. Mystère les dernières paroles que vous avez échangées, Camille, Alexis et toi. Mystère et tour de magie sinistre cette envolée qui retombe en débris enflammés dans un décor de Sierra Madre. Comment ne pas associer les faits divers qui vous ont réunis, ton frère et toi ? Ne pas soupçonner la malignité d'un acte manqué venu te mal conseiller le soir où tu téléphones à ta mère en disant : « Je pars, maman, demain, j'ignore où. » L'acte manqué pourrait bien consister à n'avoir jamais supporté la séparation d'avec le soleil de ton enfance parti briller ailleurs sans toi.

Quand j'ai vu l'hélico tomber, sur la 3, j'ai zappé sur la 2. Il tombait sur la 2, il tombait sur la 7, la 9, la 8, la 5, priorité au direct, messieurs-dames, le fait divers dans son jus bien chaud, c'est trop affreux, régalez-vous… Il tombait aussi docilement que s'effondraient les *Twins* en 2001, le même feu, le même azur, il aurait pu tomber sur les *Twins* ou sur le Bataclan. Et voyeur éberlué de mon écran plasma 65 pouces, chaque fois, le regardant s'élever dans les airs et se dandiner au soleil brumeux derrière son jumeau, je suppliais : Ne tombe pas, Flo… Voyeurs, nous étions quelques millions à l'être au même instant, tous animés du même espoir débile : Ne tombe pas, tous gavés du même écœurement à vomir. J'ai craqué au bout d'un moment, épuisé d'entendre répéter ton nom, de revoir tes bateaux gagner aux Antilles, à Dakar, à Brest, à Auckland, et tout ce champagne fané arroser tout ce feu. J'ai dit à voix haute, je m'en souviens : « Florence, Flo… ma sœur Flo. » Le téléphone sonnait à l'étage, sur mon bureau. Je suis monté en vitesse, mais je n'ai pas répondu : quelqu'un voulait être le premier à m'informer, quelqu'un voulait prononcer ton nom, se désoler à l'imparfait, s'extasier sur l'ironie du sort et les vanités auxquelles nous accrochons nos espérances de vie, dans la vallée des pleurs, quelqu'un voulait s'écouter parler avec un bon sens carnassier et je n'avais aucun besoin d'entendre ça, de larmoyer ; je m'étais déjà fait avoir pour Tabarly en 1998, et pour ma mère en 1970, et mon cousin Vincent en 1971, ma nièce Dominique en 1990. J'ai attrapé mon cahier chinois, mon stylo japonais, et je n'ai pas trouvé les mots qui t'auraient secourue là où tu étais, n'étais plus. J'ai fini par jeter les cris d'un poème, au centre d'une page vierge, en m'appliquant comme un enfant peut s'appliquer. On fait mieux, dans le genre, sauf que moi c'était juste pour ne pas laisser mon vertige en plan, m'agripper à la terre ferme, et les mots, on en dit pis que pendre, des fois, mais c'est du roc au milieu des rapides.

On s'attendait à la mer,
Flo,
On s'attendait au vent, on s'attendait au
Voilier qui percute aveuglément les
Cargos du rail en pleine nuit, on s'attendait au
Mât qui tombe, au harnais mal attaché quand
Passe la vague de trop,
Aux portes de glace,
Aux portes du sang,
Aux portes du rire,
La fortune de mer on s'y attendait,
Au méchant coup de fil en plein rêve

Qui vous dit : Stop ! Cauchemar ! Naufrage !
Noyade !
On s'attendait aux bagnoles,
On s'attendait à l'alcool,
On s'attendait au retour des fiançailles,
Au podium sur le quai bondé,
Avec l'océan débordant de joie dans nos verres à
Tous, on ne s'attendait pas à ça,
Flo,
Pas moi,
Ce cercle rouge sur fond d'azur en zappant machinalement pour fuir les pubs, et dodo sur le canapé l'après-midi, cette chose qui vole et prend feu, et toi dedans, ce jouet brisé au ciel par les mains invisibles d'un garnement fou et toi dedans les yeux bandés,
Toi, Camille, Alexis,
Trois oiseaux en flammes,
Dedans et nulle part,
Trois silences interdits au public derrière le ruban de police au milieu des barbecues des Argentins en pleurs, trois adieux sidérants le 9 mars 2015 en Argentine,
et je ne…

« Et je ne » quoi… Elle n'était ni mon amante ni mon amie, après tout. Pas un câlin, pas un baiser ne scellait notre sympathie réciproque, pas une ambiguïté. Elle était juste « ma sœur » et nos atomes se reconnaissaient dans la foule, fuyant les mêmes démons ou les poursuivant : elle, sur ces voiliers que j'aime tant, mon premier job, moi de par les mots qui vont plus loin que loin, comme les voiliers, et comme eux peuvent sombrer. À cela venait s'ajouter l'émotion, notre carburant spirituel, notre déraison vitale, un don qui faisait de nous les proies désignées du hasard, à la fois les plus forts et les moins armés pour subir la quotidienneté du réel, ce train-train effréné des gestes et du sentiment, ce bonheur clé en main. D'où notre amour des îles et des nuits blanches qui sont les îles de nulle part, au large des heures ouvrables, et qu'est-ce qu'on va chercher là-bas si ce n'est la liberté de vivre sans limites et sans cesse.

Et je ne…
Et je ne…
Et je ne…

« Et je ne » rien, la panne, le vide, le choc tout simplement. Ma sœur Florence est tombée du ciel en morceaux le 9 mars 2015, et si quelqu'un ramasse un jour lesdits morceaux il ne retrouvera ni sa voix, ni son rire en coin, ni ses dents du bonheur par où le destin, seul concurrent devant lequel un marin daigne s'incliner, a fini par s'engouffrer. Il ne retrouvera pas ses démons qui la pleurent, là où ils sont, avatars sans nombre des aventuriers déchus, incapables ceux-là de faire une croix sur leurs illusions d'enfant, sincères et bons et candides jusqu'à la fin. J'ai laissé ma phrase en suspens, refermé mon cahier chinois et remis la suite à plus tard, à jamais peut-être. Voici la suite, après cinq ans, la phrase interrompue renaît, et je ne…

2

Suite

… et je ne vois pas quel meilleur nom lui donner dans ce manoir atlantique où je ne serais pas étonné qu'elle ait déjà dormi avant moi. Avec qui ? Est-ce important de le savoir ? C'est à Brest que j'ai vu Florence pour la dernière fois, et l'avant-dernière fois c'est un soir de gala sur le ferry *Pont-Aven*, quelque part devant Saint-Malo. Le même temps pourri qu'au manoir en ce moment, pluie, vent, rafales. Imaginez une orgie d'alcool et vous aurez une idée précise de l'ambiance qui régnait à bord, timonerie incluse. Une croisière beurrée comme un « Petit LU », voilà le guet-apens qui réunissait la fine fleur de la course au large : la fine fleur des bureaux, surtout, les assureurs, banquiers, sponsors et autres skippers du milliard dont on fait les voiliers ardents. Et là-dedans Florence et moi, toujours le hasard. Elle, invitée d'office, muse obligée de la Route du Rhum, moi parrain du *Côte d'Or*, vieux briscard de trimaran phénoménal piloté jadis par les frères Tabarly. Et je n'irais pas jurer qu'on déparait dans cette beuverie sujette aux à-coups d'un antiroulis défaillant. Le lendemain, 31 octobre 2010, la Route du Rhum s'élançait vers les Caraïbes et les meilleurs allaient se tirer la bourre entre Saint-Malo et Pointe-à-Pitre : Cammas, Joyon, Coville, Desjoyeaux, Jourdain, Lemonchois, etc. Les meilleurs ?... Les meilleurs ?... Et la meilleure, alors ? Et Florence ? C'est pas moi la meilleure, peut-être ?

Je n'étais pas arrivé sur le *Pont-Aven* qu'elle me tomba dessus. Enfin une oreille où se lâcher. Elle m'entraîne au bar, elle l'a mauvaise. Qu'est-ce qu'elle fout là ? Sur un ferry-boat ! Avec les manchots de service ! Elle parle fort, on l'évite, on ne la connaît plus, on tord le nez – pas de photos s'il vous plaît. Elle en tient une bonne, mais on en est tous là, côté boisson. Si je comprends bien elle devait courir, mais les banquiers l'ont débarquée au dernier moment. Pas d'argent : pas de bateau ! Un voilier, elle en avait un, sauf qu'elle ne l'a plus. C'est Gavignet qui l'a, maintenant, Sydney Gavignet, inconnu au bataillon. C'est Gavignet qui part à ma place demain. Tu sais pourquoi ? Le pognon de la voile préfère les marins couillus aux marins fendus, même quand la gonzesse a décroché la timbale. Même quand c'est moi. Mais la gonzesse n'a pas fini de leur chier dans les bottes, je t'expliquerai.

Elle fait peur, la « gonzesse », ce soir. Mal coiffée, l'œil vitreux, l'imper de traviole. Une face livide raturée par les accidents de la vie qui s'acharnent sur elle depuis si longtemps. Trop d'alcool, de clope, d'insomnie, de rendez-vous manqués avec l'amour et l'argent. Dieu sait qu'elle en jetait, quand je l'ai connue, sexy en diable, virginale en diable, collectionnant les mecs en attendant l'amour fou. Je baisse les yeux, gêné par cette prunelle riboulante de mégère à cran, je pose une question neutre : Pourquoi tu es venue ? Elle fronce les sourcils, me répond humblement comme si j'aurais pu m'en douter : « Pour les copines... et les copains. » Sous-entendu : ceux qui prendront la mer demain. Elle était sur le *Saint-Malo 2015*, cet après-midi, un multi remanié pour Servane, tu la connais ? Servane Escoffier, la fille de Bob, une sacrée nana... J'espère qu'elle va leur fiche une branlée, aux mecs, même si je les aime bien.

Les copains dorment, à l'heure qu'il est, loin du binz malouin et des ferrys à trois grammes. Ils ont assez fêté la visite de Flo ces derniers jours, elle s'en souvient. Deux anniversaires le même soir. Son anniversaire à elle, déjà, cinquante-trois bougies, et son anniversaire à elle quand elle a gagné la Route du Rhum en 1990 et qu'ils étaient tous là pour bambocher à l'arrivée. Un total de soixante-treize bougies, ce qui ne vous rajeunit personne. Et la même quantité de gorgeons antispleen. Ça donne un coup de vieux, toutes ces bougies fondues, toute cette mémoire en cendres. Ça fait de vous une femme seule à bord d'un ferry déjanté – une fiancée foutue.

Personne n'y croyait, en 1990, aux chances de Florence Arthaud du côté du Rhum. Elle émoustillait l'opinion, l'agaçait. Un jour je gagne, un jour je pleure, na ! Et je ne me laisse jamais abattre. Et même que j'écris des bouquins, nananère ! Et même que je chante avec Pierre Bachelet un tube à mon nom. Drôle de pistolet ! Une femme !... Non mais ça veut dire quoi, une femme, sur un voilier ? Ça fout le bordel, c'est tout ! On ne voit pas quel nom la mer pourrait lui donner sans la prendre de haut : « Marine », « Marinière », « Batelière », « Navigatrice », « Voileuse », « Chieuse »... C'est bien gentil, une femme ne va pas en mer emmerder les hommes, point barre. C'est bien gentil, mais sois belle et tais-toi, la pétasse, d'accord ? 1968 ou pas, avec ou sans pilule, une femme est ce qu'elle est, mon cœur : une « femme », un boulet, une boulette. Ça n'a pas les bras, les nerfs, la folie, l'humour qu'il faut au marin pour essuyer la tempête, une femme, et se la choper au colback en lui disant « Merde ! », à la mort, quand la mer s'ouvre en deux. Ça reste à la maison, une femme, ça va papoter chez le coiffeur avec les pédés, ça laisse la mer aux marins, les voiliers aux héros.

Florence Arthaud comme les autres.

En 1990, quand elle a *Pierre Ier* sous les pieds, la phallocratie naturelle au milieu nautique tape où ça fait mal et les clichés la dézinguent à tout-va. Père éditeur, pognon, hôtel particulier à Paris – elle a tout faux. Fille à papa, fille à tout le monde, saute au paf de première. Une jolie salope camaïeu : bottines roses, cordages violets, strings fuchsia (soutif néant). Alcoolique, insomniaque, défoncée à l'héro, sympa, snob, pas mauvaise sur l'eau, beaucoup de bol. Gagner la course ? La Route du Rhum ? Faudrait déjà qu'elle prenne le départ, miss Pimbêche, elle s'est bousillé le dos qu'elle prétend.

Ne pas être au départ, elle ! Vous rigolez ? Il revient de loin, son dos, c'est vrai. Il a failli ne jamais revenir. À dix-sept ans il faisait des petits sous une bagnole fracassée. L'alcool, déjà, l'alcool et l'amour. Sept tonneaux dans un virage mal négocié par Cupidon. À quoi pensait-elle à l'hosto, sous les pansements, bardée de broches et de sutures dans son lit à manivelle, bourrée d'antalgiques ? À la mer. Elle doit sa première résurrection aux magiciens en blanc, mais la seconde à la mer. C'est la mer et la voile qui l'ont réparée après l'accident. La mer et la voile qui lui ont donné ce corps d'athlète exercé aux acrobaties dont les multi sont friands. De temps en temps, son dos regimbe au souvenir des sept tonneaux. Pas une raison pour se mettre en arrêt d'océan.

Pontons et médias jasaient la veille du grand jour : l'ôtera, l'ôtera pas. L'ôtera quoi ? La minerve qui lui chauffait les cervicales depuis des mois. Son médecin l'adjurait : Renonce, Flo, la santé d'abord. Elle hésitait, vieux tic judéo-chrétien, signe chez elle d'une résolution décuplée. Elle s'était débarrassée du vieux tic et du médecin, pas du carcan. On se foutait d'elle, pendant ce temps-là. On pronostiquait dans les micros, les éditos, les bistrots. On la jouait façon turf, comme on irait parier à dix contre un sur un toquard bien roulé, un voilier trop joli pour s'entraîner dans les eaux malouines avec les fortiches du grand bleu, les vrais, les seigneurs patentés – Maurel, Birch ou Poupon ? *Libé*, qui lui dirait « PARDON » quinze jours plus tard, ne ménagerait pas sa férocité : « Barre-toi, camée, retourne au soleil du pastis, papa Jacques paiera la tournée. » D'un tout autre avis, PPDA lui répétait au JT : « Vas-y, Flo, vas-y. » Ses parents lui disaient non, Flo, ça suffit. Autant ... dans un violon. Elle n'écoutait personne, elle suivait son instinct qui lui soufflait : Tiens bon. Et la course ne s'était pas élancée vers le cap Fréhel, le 31 octobre à treize heures, que *Pierre Ier* commençait à talonner les soi-disant meilleurs que lui, et à les doubler.

C'est parti mon kiki ! hurla Florence à la VHF, minerve autour du cou. Elle jubile, elle souffre, elle a peur de son vieil accident qui lui colle aux os, son vieux péché. Mais qu'est-ce que sept tonneaux comparés au laminoir de l'océan quand il sort ses roulades à lui, ses tonneaux, ses coups de boutoir et ses rages ! Elle n'en peut plus, après neuf jours, de l'océan. Elle a dégagé l'étau cervical, mais un truc de « gonzesse » lui fait des misères, séquelle d'une fausse couche récente : elle perd du sang, et pas qu'un peu, elle se vide... Je deviens quoi, maman ? Je meurs ? Une voie d'eau, elle connaît, elle assure, elle colmate, mais une effusion de sang ?... Barrant jour et nuit son cher voilier géant qui n'en va pas moins pédalant ses dix-huit nœuds dans les bastons en chapelet, elle commence à délirer, péter les plombs, voir des zombies. Larguer la balise Argos ? Bonne idée. Mauvaise idée. Pas le temps. C'est trop con, la mer est trop belle, du sang partout. L'hémorragie lui descend dans les bottes, serpent glacé. Dans les ténèbres étoilées elle se voit mourir en appelant sa mère au secours à travers l'océan qui peut tout avaler d'un trait – mère, enfant, bateau, zombies.

Lorsqu'elle arrive au canal des Saintes, pilote en panne, radio en panne, moral à zéro, il y a belle lurette qu'elle n'y croit plus, à la course, et rien à cirer. Elle est en vie. Elle ne saigne plus grâce à Dieu et la terre est là, vivante et chaude. La mer calmée se couvre alors de bateaux, un avion survole *Pierre I*er, une vedette approche à vive allure et la frôle, une bouille familière apparaît : « Tu as gagné », lui dit Kersauson.

Qui peut l'imaginer en vainqueur adulé, ce soir, sur le *Pont-Aven*, en Florence nationale, internationale, en gagnante, cette ombre d'elle-même pas fichue d'aligner trois mots cohérents sans ricaner, réclamer à boire, insulter des fantômes, allégorie pitoyable des heures de chance qu'elle a laissé filer.

3

Top Secret

C'est donc à Brest, en juillet 20…, « dans un port rempli de voiles et de mâts » – les Fêtes maritimes exultaient dans les bars et sur l'eau – que je vis Florence pour la dernière fois. Elle sortait du *Crabe Marteau*, la taverne à fruits de mer du port de commerce, quai de la Douane, où l'on mange la bestiole à coups de marteau redoublés sur du papier journal, *Le Télégramme* ou *Ouest-France* uniquement. Une Florence dorée, belle, métamorphosée. Quatre années s'étaient écoulées depuis la mauvaise nuit sur le *Pont-Aven*, et ces quatre années l'avaient comme rajeunie d'une génération. La vraie luronne en balade – lunettes noires, débardeur azur, satin jaune autour du cou, tongs mauves. Elle était très entourée, mais à mon cri rugissant elle eut son beau sourire enjôleur et vint à moi d'un pas chaloupé. Je la suivis sur un vieux navire aux flancs rebondis, mi-caravelle mi-galion, une espèce de nef ouvragée comme les pirates adoraient jadis les mettre à feu et à sang, pour le bonheur à venir d'un public de cinéma qui revivait carnages et beuveries sanguinaires en mâchonnant du pop-corn. On buvait du cidre sur des tonneaux dressés à ciel ouvert ou plutôt masqués par un immense *gwen ha du* arrangé en velum au-dessus du pont. Ce n'est pas qu'il faisait beau, ce jour-là, c'est qu'on était en train de battre un nouveau record de chaleur brestoise, à cent lieues des critères saisonniers, et que les climato-gueulards se déchaînaient sur les ondes. La fin de la planète, la toute fin, prenez vos dispositions, messieurs-dames, demandez pardon, arrêtez la clim. Le dénouement semblait n'inquiéter personne et la banquise fondue se mêlait à l'Iroise incognito, dans la rade immense, deux sœurs à nouveau réunies.

On était partis là-dessus, avec Flo, la chaleur, les maux du climat, pour elle une priorité absolue. Canicule, ouragans à répétition, abeilles déprimées, repli des glaciers, niveau des fleuves, déchets, incendies, elle avait tous les chiffres en tête – accablants. « On va disparaître, si ça continue, et ça continue, la bécane a merdé, l'homme s'en fout, j'ai besoin d'agir, moi, c'est mon caractère. » La solitude en mer lui avait appris qu'elle aimait l'univers et les êtres vivants, tous les êtres vivants. Ce qu'elle savait déjà, mais pas à l'échelle du futur qui n'osait plus se montrer. « C'est fragile, le futur, ça peut casser net, c'est comme un orvet. J'aime aussi les orvets. » La femme aussi lui donnait envie d'en découdre avec l'air du temps. On ne faisait rien pour la mettre en valeur. On faisait semblant. Elle réussit, c'est bien, c'est moins bien qu'un mec. On lui dit « bravo bravo » comme aux petits enfants quand elle monte sur l'estrade en s'excusant d'avoir battu ces messieurs, tous nés d'une femme au demeurant. On s'arrange pour qu'elle n'y monte pas deux fois. C'est la place des mecs, le podium, l'échelon supérieur. Le mec, s'il n'est pas supérieur à l'autre mec, supérieur à la femme, il est quoi ? Rien. Paumé. Chez les voileux, la voileuse, vaut mieux pas qu'elle en fasse trop. « "Fiancée de l'Atlantique", c'était mon surnom. Ça m'a fait plaisir, au début, puis j'ai trouvé ça gnangnan. T'imagines, Tabarly, si on l'avait traité de "fiancé de la mer" quand il a gagné l'Ostar contre Chichester et les autres ?… » Elle avait une idée, ces temps-ci. Une course au large en l'honneur des femmes du monde entier, « L'Odyssée des Femmes »… Sympa, non ? Rien que des femmes, des « gonzesses », des « fiancées », des plus ou moins larguées… Le père Jaouen les emmenait en mer, les largués, les sauvageons sur le *Bel Espoir*. En mer on vaut toujours ce qu'on est, toujours mieux que ce qu'on dit de vous. Elle ferait pareil avec les femmes. Des jeunes et des moins jeunes, et aussi des marrantes, une bonne occasion de parler du ras-le-bol des nanas auxquelles on demande tout, au boulot, à la maison, au lit, même de la fermer… Pas la cour des Miracles non plus, pas du féminisme à la chieuse, pas de l'antimec primaire, jamais de la vie. On aime trop ça, les mecs, les barjots couillus. Les femmes, les hommes, ça se complète bien, ça rigole bien, la fête… La fête et la mer, tu ne peux pas dissocier… Jamais se prendre au sérieux quand tu dis les choses, mais les dire et se marrer ensuite… Elle avançait bien, son idée, son odyssée… Il lui manquait des sous, mais elle avait peut-être un plan avec la télé, un truc de malade, top secret…

L'instant d'après elle regardait vers la rade, songeuse, comme tarabustée. Elle en avait trop dit ?... Je n'allais tout de même pas m'excuser de l'avoir écoutée sans l'interrompre ou si peu. A priori son plan télé n'avait rien d'un scoop digne d'émoustiller la cour et la ville, et pouvait se passer d'un « top secret » à la James Bond. Est-ce qu'elle y tenait tant que ça, d'ailleurs ? Les secrets n'étaient pas vraiment secrets pour les amis, avec Florence. Ils servaient à prouver qu'on avait confiance en eux, qu'on les aimait. En y repensant, j'ai changé d'avis. Il est malheureusement impossible de pénétrer dans la tête d'un médium, et d'observer le fluide à l'œil nu lorsqu'il entre en action. Et médium Florence l'était, un don affiné par les circonstances mêmes d'une vie de bâton de chaise, vouée plus qu'une autre à la chance et au quitte ou double. Et je suis sûr aujourd'hui qu'en me dévoilant prématurément ses projets avec la télévision, motivés par l'appât du gain et des flashs qui lui manquaient, depuis des années, elle avait senti comme une onde noire la traverser – une chair de poule intérieure lui hérisser l'âme et les sens.

D'un sourire, elle chassait les prémonitions. Ce n'est pas à moi qu'elle souriait, mais à la rade où pendaient les voilures suffoquées des plus beaux, grands, petits, improbables voiliers du monde venus s'exhiber en Armor. Laissant émerger son monologue intérieur, assez inattendu après le climat et les femmes, elle déclara d'un air ennuyé qu'elle aimait les livres et de plus en plus, et que les voileux aimaient lire en mer où la monotonie, nullement exceptionnelle, peut vous ramollir le cerveau. Elle me parla de moi, de mes bouquins. Qu'est-ce qu'elle me dit ? De ces choses qu'il faut s'empresser d'oublier, ou ne pas se rappeler, quand on s'est fait une joie orgasmique de les entendre une fois. Un souvenir pareil, on sait qu'il est en vous, qu'il pourrait chanter sans fausse note, le cas échéant, mais pour l'heure il couperait la parole à Florence et personne n'y tient.

Petite, elle ne mesurait pas le privilège que c'était d'avoir un père éditeur, une famille comme la sienne. Elle était née dans les belles-lettres et dans un milieu pour qui l'aventure était l'idéal de tout être humain normalement constitué. On avait de l'argent, chez eux, mais on n'allait pas le dépenser au restaurant ni dans les hôtels de luxe ou dans la sape, les bagnoles, les mondanités, etc. On ne frimait pas, on avait horreur de ça. Il fallait que l'argent serve à grandir vos qualités ou à les révéler, qu'il vous aide à savoir qui vous étiez. On adorait les voyages un peu dingues, très loin, ceux qui commencent à la maison, tu sais, en pointant l'index sur le globe terrestre ou l'atlas. Mon père admirait et choyait les grands aventuriers qu'il publiait, et il se prenait volontiers pour l'un d'eux, ce que d'ailleurs il était à sa manière, avec discrétion et toujours en famille. Pas son truc, la solitude. Il aimait nous surprendre : « Ça vous dirait d'aller passer trois mois dans le désert, chez les Touaregs ? » Et on avait à peine le temps de boucler un sac. Il avait tout prévu, les passeports, la pharmacie, jusqu'au vieux tacot des familles acheté spécialement pour nous emmener là-bas, et s'il tombait en carafe on n'aurait qu'à le pousser. Il était drôle, tendre, un épicurien, maman suivait toujours. Pas plus amoureux, pas plus amoureuse.

Ses yeux noirs – ils pouvaient l'être – étaient revenus louvoyer dans les miens. Le jour où elle arrêterait la mer, ou plutôt la course au large, elle ferait un bouquin sur eux, ses parents, cette époque bénie du souvenir d'enfance, pour dire merci… Elle irait l'écrire en Espagne au cap Creus, le plus bel endroit pour contempler la Méditerranée. C'est alors qu'elle avait dit par-dessus nos gobelets à moitié vides, mine de rien : « Ce serait bien, d'ailleurs, si c'était toi qui l'écrivais. Tu pourrais parler de toi, de ta famille. » Elle était tout à fait sérieuse, elle me fixait, attendant une réponse de ma part, et j'avais répondu non. Un non franc et poussif. Le refus spontané d'un écrivain qui n'a pas envie de s'embarrasser d'une biographie alors qu'il est un « créateur », voyons, celui qui donne le jour à des pantins névrosés qu'il appelle « ses personnages », braves toutous auxquels il remet les pleins pouvoirs de la complexité humaine, avec les clés d'une liberté ouvrant les chambres du bien et du mal où il s'enferme avec eux. Un livre sur Florence et les siens ? Sur les miens ? C'était passionnant, mais vexant. Je ne suis pas l'ami Pierrot, ma petite dame, je ne prête pas ma plume pour écrire une vie, pas comme ça, n'importe quoi !

Je dis non et j'argumente pompeusement. Tu veux dire merci à ta famille ? Bonne idée, vas-y. Ce sont tes pulsations à toi qui rendront ce livre touchant et vrai, pas celles d'un larbin d'écriture indemnisé pour s'émouvoir à ta place. Tu mérites mieux qu'un « nègre » et ce n'est pas mon rôle sur la page. Elle n'a pas l'air de saisir, je mets les points sur les *i*. « C'est l'imagination, Florence, mon voilier, ma came, je n'embarque avec moi que des marionnettes en quête d'auteur, des gens qui n'existent pas, et tout mon boulot consiste à les rendre fous en cours de traversée. Tu serais malade à crever sur mon navire de papier ou tu me flanquerais à la baille... On tomberait tous les deux à la mer et on se battrait comme des chiffonniers... Dieu sait que je ne détesterais pas aller faire un tour dans ta mémoire de femme et d'ado, fureter dans ta chambre à l'époque où tu lisais des histoires de pirates à la bougie, entre deux *Club des Cinq*. — À la bougie ? — Tu vois, je commence déjà à hisser les voiles, à divaguer. Sois ton propre passe-muraille, Florence, et tu ne supporteras plus qu'un autre veuille s'immiscer dans tes histoires, j'ai hâte de lire ça. »

Vous avez remarqué ? Je l'appelle « Florence », jamais « Flo » ou « Mimine » quand je m'adresse à elle. Pas de familiarités incongrues. Avant l'accident, j'étais du cercle des proches en devenir, et le devenir n'ayant pas eu lieu, Florence n'est pas devenu « Flo », syllabe enchanteresse à mon oreille, pourtant. Allez, fermons la parenthèse que j'ai négligé d'ouvrir. D'accord, Flo ?

Elle m'écoutait avec ses grands yeux bizarres, lisait en moi du jamais lu par moi. Elle démasquait un macho inavoué pour qui la femme de mer ne vaut pas l'homme de mer, à palmarès égal, et Florence Arthaud ni Tabarly ni Colas ni Moitessier. Si je l'admirais, c'est en lui reprochant secrètement la vitesse de ses voiliers qui faisaient du tort à mes rois de mer préférés qu'elle adulait aussi, d'ailleurs, et qu'elle avait tous connus débutants, chez elle, chez son père, Moitessier excepté. C'est après l'accident aérien que j'ai ouvert des yeux clairvoyants sur le marin surdoué qu'elle était, Florence, sur l'être humain pas comme nous dont elle était la proie quand elle naviguait seule, joyeuse d'être seule en mer, riche d'une voyance qui resterait son jardin secret, complice du destin qui l'abattrait. Pas comme nous, ces gens-là, ces marins, non, pas humains comme nous. Ils ne vaincraient pas les ouragans à tour de bras s'ils étaient des terriens comme les autres, quoi qu'ils en pensent. Ils n'oseraient pas faire ce qu'ils font si c'étaient vraiment deux lobes cérébraux standards qu'ils avaient derrière les yeux, avec des alarmes et des fièvres comme on en a tous au premier ascenseur qui yoyote un peu.

— Je viens de vivre un miracle, si ça t'intéresse.

— Un miracle de plus, alors, tu es abonnée aux miracles.

— J'aurais dû finir aux abonnées absentes, ce coup-là.

— Un abonné présent ne demande qu'à t'écouter, Florence… Toute histoire est un miracle pour le romancier.

— C'est confidentiel.

— Je suis tout ouïe, mon enfant.

À ce moment-là sont arrivés des personnages très officiels et cravatés pour l'informer bruyamment qu'on l'attendait et que le maire commençait à s'inquiéter. À peine s'ils m'ont calculé, moi le zozo qui se permettait d'embarquer la star dans un coup de cidre en gobelet pour estivant. Elle était là : elle n'y a plus été, docile et tout, en s'excusant. On croit qu'on va savoir, on ne sait rien, on sait qu'on ne saura jamais rien. Voilà ce que je me suis dit en la voyant remonter sur le quai noir de monde avec sa petite silhouette d'enfant que le bon Dieu lui donnait quand il voulait, quand elle désirait passer inaperçue dans la foule et manger des glaces à moitié fondues en se léchant les doigts, sans risquer une dégelée de shoots et selfies… Apparition, disparition, telle est Florence Arthaud dans ma vie. Je me disais ça, aussi, dépité, marri. Et je me disais, regardant les mégots tordus surnager dans son gobelet intact : du rhum elle en aurait bu et elle m'aurait tout raconté, et la mairie serait passée après moi. Depuis quand les pirates boivent du cidre ?

4

Bottines roses

Le lendemain j'étais sur la *Recouvrance*, le navire emblème de la ville de Brest, un aviso à voiles baptisé en 1992, réplique de son fameux aïeul vert et noir. L'aïeul distribuait le courrier sur les vaisseaux à l'ancre : le descendant vendait la mémoire de l'aïeul et ses manières de naviguer, vestiges d'un nautisme depuis longtemps révolu, faisant caboter les hôtes payants jusqu'à la Méditerranée que l'aïeul ne soupçonnait même pas. Pour fêter ses douze ans à la mer, il était prévu une sortie en rade, de conserve avec les voiliers invités. Il y aurait un gâteau d'anniversaire, des coups de sirène, et sûrement du *Bro Gozh* à plein larynx et binious. Même type de temps que la veille, même chaleur à décorner les bœufs, même banquise fondue. On envoya la toile pour le panache, mais c'est au moteur que se firent les évolutions dans l'air bouillant. La rade se couvrait bientôt de hiéroglyphes irisés, zigzags sibyllins fuyant tous azimuts, aux arcs-en-ciel de mazout disséminés à l'infini. Par en dessous la mer n'en pensait pas moins, et ce n'est pas parce qu'on se tait – parce qu'on est crabe, huître, palourde ou plancton, crevette ou lieu jaune – qu'on n'en a pas ras le bol des couches-culottes et des brosses à dents disséminées sur les goémons. J'étais aux anges. Un bateau est un voyage en soi, un grand voyage, et je suis loin et lointain sitôt que j'y mets les pieds et que le sol terrestre ne me soutient plus. Où allions-nous sous nos voilures avachies ? L'aviso ne trouvant dans l'air mort aucun lit à gravir ne savait pas trop quelle destination préférer à quelle autre. Les ronds dans l'eau des autres voiliers traduisaient la même indécision. On veillait à ne pas s'éperonner sous prétexte de s'admirer. Comme pour les départs des courses lointaines, les hordes de touristes agglutinés sur tout ce qui flotte et pétarade venaient se coller aux voiliers assoupis pour mieux les filmer sans les voir.

Un Zodiac nous avait rejoints du côté du Trez Hir – merveilleux littoral de nantis sur la rive nord – et l'on récupéra la marraine du jour, tee-shirt rose, tongs roses, cheveux bouffants couleur de maïs – Florence Arthaud reçue à la coupée sous les hip ! hip ! hip ! de l'équipage et des invités. Je ne m'y attendais pas. J'avais cru comprendre qu'elle repartait la veille. On lui passa un micro. Elle monta sur un escabeau, prononça des choses aimables pour les Brestois, les mouettes, la rade aussi sympa que la baie de Marseille, sauf qu'elle ne comprenait rien aux marées lunaires de chez nous, c'était sans doute pour ça qu'elle n'aurait jamais son permis bateau. Tout le monde se marra. « Je te dois toujours un miracle », me dit-elle après avoir soufflé les douze bougies d'un kouign-amann pour Gargantua, comme si c'étaient les siennes. Déjà elle s'en souvient, j'ai pensé, tout en me demandant – submergée d'admirateurs qu'elle était – si nous aurions cinq minutes à nous. Or nous ne les eûmes pas. Ni cinq ni même une seule. Elle était à bord, elle n'y fut plus, exfiltrée à la sauvette sans même que j'aie pu lui dire au revoir. Et le Zodiac bondissait au nord, point filant sur la mer d'huile, quand je me dis accoudé au bastingage : « Tiens, Flo s'est barrée. »

Dans la soirée fut mise aux voix des passagers la question suivante : soit rentrer à Brest, soit jeter l'ancre et contempler au mouillage deux illuminations qui resteraient gravées dans les annales, vu la météo, à savoir le coucher du soleil et le feu d'artifice sur le port de commerce offert par quelques grosses légumes de l'Ouest. On jeta l'ancre, il y en eut pour se baigner dont moi. On ne fut pas déçu quand le soleil enfila son millième pyjama sergé d'or et de grenadine, avant d'opter pour un simple caleçon violet qui voulut effacer la mer et disparut en l'effaçant. L'air fut moins lourd. Le degré dont le baromètre chuta peu après, annoncé par mégaphone, recueillit une ovation frisant l'hystérie. Tout le monde était partisan de passer la nuit en rade en buvant des coups à la belle étoile. Et pourquoi pas aller aux îles, aux Amériques ? Alors, on y va ? Chiche, capitaine ? C'est parti. Dommage que ça n'avance pas, on verrait déjà l'Espagne. Ainsi vont les voiliers. On a toujours une bonne raison pour s'incruster dans un agenda où la mer c'est plus tard, où la mer c'est trop long, trop loin. La mer on y va, bien sûr, l'an prochain, on fait les îles. Qu'est-ce qu'elle n'a pas entendu, Florence, le soir où elle a dit chez elle : J'y vais, je pars, elle avait dix-huit ans. Elle sortait de l'hôpital, il ne fallait pas la contrarier, elle avait des migraines. On pensait qu'elle ne partirait pas, qu'elle était fatiguée par son accident, qu'un enfant ne peut pas tourner le dos à ses parents qui lui ont tout donné, toutes les preuves de leur amour, et d'ailleurs elle partirait où, Flo, sans un sou en poche ? Hein, ma chérie, où ça ? Ayant dit : Je pars, elle avait donné deux tours de clé à son ancienne vie, jeté la clé dans la boîte aux lettres, et le soir même elle prenait la mer, elle vivait son avenir... Les médias n'ont jamais cru sa version des faits. Deux tours de clé, c'est ça ! On va te plaindre... Fille à papa, va. Comme si tu n'avais pas Carte Bleue et chéquier, princesse, quand tu les as donnés les deux tours. Comme si tu les trouvais sous le pied d'un cheval, tes petits voiliers mauves pour *lonesome cow-boy* au sang chaud.

« J'avais laissé à mes parents un mot sur mon oreiller, ne leur reprochant rien, leur expliquant mon besoin de respirer », écrivit Flo.

Quand la lune monta, pleine, kouign-amann démesuré elle aussi, j'eus encore une pensée pour elle, marin sans permis, marin méridional, soi-disant fâché contre les mers à marées comme l'Atlantique breton. En vouloir aux marées c'est en vouloir à l'océan, à la Lune, à l'infini qui fait tourner les mondes sur son museau. Étonnant de la part d'une voileuse hauturière formée à la tradition du sextant, l'appareil à convertir les ténèbres en données chiffrées. Étonnant qu'elle ait pu filer à l'anglaise, oublier son miracle et m'oublier moi.

Passant de l'arrière à l'avant, je partis chanter les vieux airs dessalés du *Borda*[1] avec des amateurs réunis autour d'un bandonéon. C'est alors qu'on entendit le bruit d'un moteur à régime rapide et que j'aperçus deux yeux rouge et vert se rapprochant dans l'obscurité.

— C'est comme de l'huile.

— « Une mer d'huile », c'est ce qu'on dit.

— Une mer de beurre, aussi.

— C'est vrai que t'es breton, vous beurrez tout… Et quand elle est aussi noire, c'est encore plus beurré.

— Plus huileux.

On regarde la mer absente comme deux idiots. Entre nous, ce verre de muscadet posé sur le franc-bord. Tiens, l'huile a bougé, montré ses blanches quenottes, le verre est tombé à l'eau. De ma vie je n'ai vu la mer plus figée que cette nuit-là, plus repentie. Florence est fascinée par cette abolition. Mais le plus étrange, pour elle, ce n'est pas tant la mer que la couleur du ciel et des étoiles. Noir et argent comme dans les crèches de Noël d'Occitanie. Le ciel est bleu, d'habitude, la nuit, dans l'Atlantique, et les étoiles sont dorées, fébriles. Il est toujours noir en Méditerranée, la nuit, et les étoiles sont vieil argent, elles ne bougent pas. Même noirceur dans le désert du Hoggar, mêmes étoiles d'argent. C'est beau, le bleu nuit d'Atlantique, mais c'est moins beau, moins fatal que chez moi :

— Vous nous avez volé la nuit, bande de Bretons !

---

1. Navire-école ponton, autrefois ancré dans la rade de Brest.

— Ou le climat, ou ta vue qui baisse.

— Traite-moi de vieille tant que tu y es !

Elle sortait d'une réception donnée – pour elle – à Lanvéoc-Poulmic, le siège de l'École navale sur la rive sud de la rade, le fief de Tabarly en son temps, et comme elle avait oublié son portable sur l'aviso, tout à l'heure, elle était passée le récupérer. Elle ne comptait pas s'éterniser, mais quand ça chante la marine sur un navire au mouillage, la nuit, quand ça met le feu à l'univers, elle n'est pas la dernière à s'époumoner façon Johnny. … Johnny et la mer, de vous à moi, ça fait deux. Et je ne cache pas que les mousses du *Borda*, jadis, aient jamais entendu leur bidel en nage hurler qu'il voulait « mourir d'amour enchaîné ». Ni ne lui aient répondu comme un seul homme : « Ah que oui ! Mourir d'amour enchaîné. »

À quoi pensait Flo ? Je voyais son profil bien dessiné dans le cône lumineux du fanal de mouillage. Les coudes appuyés sur le plat-bord, le menton dans les paumes, elle avait l'air absente, elle aussi, perdue dans ses rêves. La musique s'était tue, le bateau murmurait ici et là, on parlait de rentrer – d'aller se finir au *Crabe*.

— Aux abonnées absentes, la presse en a parlé, ça ne te dit rien ?

Le temps d'accommoder et je réponds :

— Rien.

— C'était pareil, c'était noir, avec des étoiles d'argent.

En s'allumant une clope, elle fit tomber à l'eau mon dernier muscadet. Elle marmonna, tira deux longues bouffées et, le regard au loin, me dévoila ce que la France entière savait depuis des mois, l'un de ces faits divers palpitants que les JT adorent envoyer à la fin – une fin heureuse pour enfants du bon Dieu, un dessert de joie dans l'ordinaire brutal de la vie. Quand elle eut fini, j'étais honteux qu'une telle aventure ait pu m'échapper ou me sortir de l'esprit. Miraculée, stigmatisée, ressuscitée d'entre les morts, Florence était une publicité vivante pour le dieu chrétien. En comparaison, les survivants du *Titanic* pouvaient aller se faire cuire un œuf (ce que certains ont peut-être fait, d'ailleurs). Mais si prodigieux fût-il, son miracle me déroutait comme un phénomène inquiétant, paranormal, inachevé. J'avais l'impression qu'il rôdait autour d'elle et lui disait tout bas : « Je t'ai sauvée, c'est vrai, je t'ai sauvée encore une fois, mais stop ! N'en fais pas trop. » En d'autres termes moins châtiés : « Arrête les conneries ! » Et je vous jure que j'ai pensé à ça en l'écoutant, au destin qui ne plaisante jamais.

Voici le miracle inquiétant, lesdites « conneries » dont elle s'était sortie. À l'automne, Florence avait pris la mer en solo. Elle était partie sur les traces de sa mère en Algérie. Une balade initiatique sur l'*Argade*, le voilier familial aux mille et un souvenirs, un vétéran merveilleux qui savait tout sur elle. Baléares, Tunisie, Algérie, Kabylie, Italie, elle avait passé deux mois fantastiques dans le grand bleu d'Ulysse qui porte à la nostalgie, quand on a du sang pied-noir dans les veines et que les lieux visités vous parlent d'un passé perdu. À Tizgirt, petit port de pêche kabyle, elle avait recueilli sur les quais un chaton errant, un chaton roux – porte-bonheur des marins – qu'elle avait nommé Bylka, du verlan ; à Alger, elle s'était fait des amis ; à Rome, du côté du Colisée, elle avait déniché une paire de bottines roses en caoutchouc, un prix d'ami, les plus sympas qu'elle ait jamais eues aux pieds, les plus fifilles – la classe, pour le skipper d'un voilier mauve à cordages violets. Elle ne les quittait plus.

Un soir que l'*Argade* filochait gentiment sous pilote, revenant à Marseille, elle était tombée à l'eau avec ses bottines aux pieds. Un homme à la mer, une femme, au large et dans l'obscurité, sans autre témoin que la voûte étoilée, c'est la grâce de Dieu : M. Vie, M. Mort, et M. Miracle pour Judah Ben-Hur.

Florence, fumant comme au ralenti, me décrivit alors son effroi de n'être plus à bord du voilier tout en ayant l'illusion folle d'y être encore, et tout en refusant de voir ce qu'elle voit : les yeux du chaton qui miaule sous la filière, l'ombre paisible du bateau qui s'éloigne dans la nuit pour se fondre à la nuit, radio allumée. Bylka s'est tu, la radio s'est tue, elle est seule, elle nage, la mer et la nuit lui appartiennent comme jamais.

On est bien cloche, en pareil cas. On est encore absorbé dans la minute où l'on buvait son rhum arrangé dans la cabine étanche, en écoutant la radio, on allait faire un somme et lire *L'Été* d'Albert Camus, le livre fétiche de sa maman. On vit la transition du moment où le cerveau refuse l'impondérable à celui où il le fait sien, passant de nouvelles instructions aux neurones. Peur ? Ah oui, Florence a peur, elle est terrifiée. Elle pense à Tabarly. Il avait ses bottes, lui aussi, quand il est tombé de *Pen Duick*, quand il s'est dit : Non, pas vrai, je suis toujours à bord, j'hallucine... Elle pense à la noyade, elle dit non à la mort qui lui dit : Nage, ma fille, on a le temps. Là-bas, c'est la Corse, une brochette de lueurs au ras de l'eau, une suave odeur de maquis. La terre est si proche, si loin, les minutes passent. Elle dit non sans crier, elle déteste nager la nuit. Elle dit non, mais l'eau s'accroche à ses bottes, à sa nuque, elle fait joujou dans ses narines et lui revient dans la bouche, la fait cracher de la mer et des larmes. Et voilà, elle a froid, maintenant. Elle se déshabille en sanglotant : les bottines (à contrecœur), les chaussettes, le jean, la veste de quart, elle grelotte. C'est quoi, cet objet, dans la veste ? Son portable ?... Elle ne l'a jamais sur elle, d'habitude, jamais pour aller sur le pont. Elle tremble de froid, d'émotion, le sortir de l'étui, le maintenir au-dessus de l'eau, appeler. L'écran s'allume, son doigt glacé forme un numéro – le numéro direct du miracle, elle entend sa mère.

— Maman, je me noie.

« Maman, je me noie. Je répète ma phrase plusieurs fois, ma voix est si faible. Tiens bon, ma chérie, quelle est ta position ? » écrivit Flo.

L'appareil s'éteint, le miracle aussi. Plus tard elle a son frère Hubert en ligne, elle n'en peut plus, elle entend son frère déclarer à sa femme : « C'est foutu. » L'appareil s'éteint.

Résignée au destin, Florence commence à l'être, elle s'épuise à la surface de l'eau qui va et vient sur elle de tout son poids. Ses pensées mélangent tout, la tristesse, l'enfance, les amis, sa fille Marie qui l'attend demain à Marseille...

La mort était toujours là, grande fille toute simple, quand l'hélico des sauveteurs de Toulon repéra ce fétu lumineux au cœur des ténèbres où il cherchait la disparue sans grand espoir, s'apprêtant à rebrousser chemin. Effet d'optique, se dit le pilote, allons voir ça, et il mit la machine en descente. Après son portable, c'est le rayon mourant d'une loupiote frontale qui permit au miracle de situer Flo dans la mer. Elle avait passé trois heures à nager, surnager, espérer, désespérer, et maintenant, résignée, elle se laissait glisser hors du temps.

Elle n'était plus qu'une loque humaine entre deux eaux, lorsque ce jeune gaillard hélitreuillé, trente ans maximum, la saisit aux cheveux à l'orée du néant et qu'elle entendit hurler : « Go ! »

Vous en pensez quoi, franchement d'une histoire pareille ? Elle ne vous donne pas froid dans le dos ? Vous la verriez comment, la rescapée qui vous raconte ça ? Une folle ? Une mythomane ? Une revenante ? Je la regarde fumer sa clope d'un air indifférent, penchée vers la mer inanimée. Il m'est arrivé deux ou trois fois d'échapper à la mort, en toute conscience, mais jamais je n'ai commencé à mourir comme Flo, un orteil ici, un orteil dans l'au-delà, à tutoyer sans façon la grande fille toute simple.

Une question me brûle la langue : « Tu l'as revu, l'homme de l'hélico ? » Peut-être lui a-t-elle écrit, téléphoné. Peut-être se disait-elle : Un jour, demain… Et demain ne se lèvera pas. Quelque part vers Toulon, un jeune pompier volant se dit qu'il a sauvé Florence Arthaud du péril de la mer et que c'est le plus beau souvenir de sa vie, il y pense chaque fois qu'il part en mission. Il aurait aimé la revoir et lui dire merci. Il se dit qu'elle est tombée du ciel entre-temps et que mieux vaut la mer que le feu pour s'en aller d'ici. Un hélico la sauve, un hélico la perd, quel signe est-ce donc là ? Ho, toi là-haut, je te cause !

Le silence me casse les oreilles, j'ai besoin d'entendre Flo.

— Et après ?

— Après quoi ?

— Juste après… Quand tu n'es plus dans l'eau mais dans les airs, tu te sens comment ?

— Après j'avais envie de fumer. De fumer, oui, de retrouver mon chat, mon bateau. Sauf qu'on ne fume pas, dans un hélico en mission. Surtout quand on est la victime et que les deux pilotes sont non-fumeurs.

J'attrape son briquet orange, je lui allume sa clope. Fut une époque où elle se les roulait.

— Tu es dans l'hélico et tu penses à retourner sur ton barlu ?

— Ils ont refusé. C'était Bastia, leur objectif, l'hôpital de Bastia… Il me fallait des soins, d'après eux, je ne voulais pas de soins.

— Hypothermie ?

— Même pas… Ça leur a pris vingt minutes, les soins, à Bastia, sans couvertures chauffantes, sans rien de vraiment adapté. Je claquais des dents genre castagnettes, le gag, c'est d'un commode pour les formalités.

— Tu pensais à quoi ?

— Toujours à mon chat, à mon bateau, personne ne m'écoutait, on me croyait folle. On me disait : Vous avez besoin de repos, madame, on verra ça demain. Demain ? Tu te rends compte, demain ? Tout ce qui peut se passer entre-temps ? La vie c'est maintenant, ça n'a jamais été demain, pas pour moi…

— Et alors ?

— Le préfet de Bastia est venu me chercher à l'hôpital avec sa femme, super-sympa. Elle m'avait apporté des fringues à elle, et coup de bol ça m'allait pile poil, le jean, le pull, les Converse violettes, on avait les mêmes goûts. Ça ne valait pas mes bottines roses, mais je n'allais pas faire ma chieuse. Ils m'ont emmitouflée comme un bébé Cadum et ramenée chez eux, un bon moment. On a mangé du fromage de chèvre avec des canons de rouge jusqu'à trois heures du matin, ambiance. Je pouvais fumer, mais quand je fumais j'avais envie de gerber, je disais n'importe quoi. La préfète m'a montré ma chambre et je ne sais plus ce qu'elle m'a dit, dormez bien. J'étais tellement crevée, de toute manière, que je me serais endormie sur le plancher. Tu sais ce que j'ai fait avant de me coucher ?

— Tu as téléphoné chez toi ?

— Non mais tu me prends pour qui ? On avait déjà bien chialé toutes les deux, maman et moi, dans la cuisine du préfet, elle à Paris dans sa cuisine à elle, et moi… je me comprends. On s'était mises d'accord pour qu'elle appelle Marie, enfin ma fille, à huit heures du matin, pas avant, pas après. Que Marie n'apprenne surtout pas ça par la radio, on ne sait jamais, des fois qu'ils se plantent et racontent que je me suis noyée, mais que mon chat et mon bateau ça va, aucune égratignure. Eh, je t'ai posé une question, Yann… J'ai fait quoi avant de m'effondrer sur ce grand lit tellement douillet ?

— Tu as noté tes premières impressions.

— N'importe quoi !… Même toi tu ne l'aurais pas fait. J'ai fait ce que n'importe quelle nana aurait fait à ma place, et ne me dis pas que je suis passée aux toilettes.

— Je sais. Tu as ouvert la fenêtre et tu as regardé si tu voyais la mer, si tu l'aimais toujours.

— Non. Je me suis fait couler un bain brûlant, un bain aux huiles de fleurs. Et je me suis endormie dans l'eau fumante, endormie, je voyais la mer, je…

Bon, le dialogue ayant duré quelque temps, et vos minutes de lecture étant précieuses, peut-être rares, que diriez-vous d'un paragraphe en temps irréel, non relié au chronomètre vital de Flo, résumant ce qui s'est dit sur l'aviso juste après qu'elle eut fermé les yeux dans les bras de Morphée ? Sachez d'abord que nous avons hissé l'ancre, un moment poignant sur tous les bateaux. On entend les maillons d'acier s'enclencher un à un dans la mâchoire du guindeau, on sent la mobilité frémir sous les pieds. On part et c'est toujours comme si l'on partait loin, avec la mer, à l'autre bout d'un conte de fées où il y a des pirates et des filles.

À présent nous glissons vers les lumières de Brest, le feu de la passe ouest. On ne tombe pas à l'eau, avait dit Florence, c'est un crime, ce sont les criminels qui tombent à l'eau, et pour moi c'est… Elle avait marmonné quelque chose de privé, sans doute, en regardant ailleurs, puis s'était remise à parler, une cigarette coincée entre les lèvres. Elle s'était réveillée dans un bain glacial, claquant des dents, le cœur fou. Elle sortait d'un rêve... Était-ce bien un rêve, d'ailleurs ? N'était-ce pas un souvenir ? Elle nageait dans la mer et tandis qu'elle nageait une main s'était posée sur son épaule. Une vraie main, Yann, tu vas me prendre pour une folle, toi aussi. Et la voix qu'elle avait entendue était une vraie voix qu'elle aimait tendrement : « On n'a pas rendez-vous, cette nuit, vieux saumon, tu as toujours nagé comme un pied. » Est-ce qu'un rêve sait ce qu'il dit ? À quoi il fait allusion, en un moment pareil ? Est-ce qu'il vous traite de « vieux saumon » ? Si c'était un rêve ou le souvenir d'une main et d'une voix elle était incapable de l'affirmer. C'est en rouvrant les yeux dans son bain refroidi qu'elle avait ressenti la peur, la vraie peur de mourir sous la mer comme Tabarly, noyée.

Si peu qu'elle avait dormi dans l'eau c'était bien suffisant. Elle imaginait son voilier fonçant aveuglément dans les ténèbres, à la merci des cargos, danger pour tout ce qui naviguait dans la zone. Elle s'était mise à passer des coups de fil pour qu'on la ramène à bord, les flics, la SNSM, les boîtes privées. C'était partout des messages enregistrés ou des veilleurs paresseux qui l'envoyaient balader sur l'air de « Et moi je suis le pape », quand on ne lui disait pas que la sécurité roupillait à l'heure qu'il était. Elle avait fini par embaucher un remorqueur ou plutôt un privé qui faisait du remorquage occasionnel, disponible aussitôt.

Cinq heures de mer formée, de vent fort, et, guidés par l'écho radar, ils rattrapaient le voilier courant bâbord amure sans maître à bord. Tellement naturel de remonter dessus. De retrouver Bylka dans le cockpit, miaulant son chagrin. De revivre la minute interrompue la veille : même douceur, même odeur, tout pareil dans la cabine : le sachet de Car en Sac entamé sur la table à cartes, le bruit tintant des couverts sales dans l'évier, la radio bourdonnant à mi-voix comme si quelqu'un était là, et d'ailleurs l'envie de poser la question : « Tu es là, Flo ? » Le plus fantomatique, c'était le tic-tac de la pendule, une vieille tocante british en laiton. La veille au soir, l'écoutant juste avant de tomber à l'eau, elle s'était dit : Il ne faudra pas que j'oublie de la remonter. Le sort lui avait fait de drôles de mamours entre-temps. Elle n'était peut-être plus qu'un fantôme, elle aussi, l'un de ces esprits mal lunés comme elle en écoutait récriminer dans les plis des rideaux quand elle était enfant. (Elle avait ri, son rire moqueur de gosse.) Ils ne la suivaient jamais sur les bateaux. Un fantôme qui dégueule et qui te demande le seau, comment veux-tu qu'il te fasse peur ? Qui sait si la course au large n'était pas le bon moyen qu'elle s'était donné pour leur fausser compagnie.

— Et le remorquage du bateau ?

— Pas de remorquage. Ils ont vu que je m'en sortais, et ils sont rentrés sur Calvi.

— Et toi ?

— Cap sur Marseille, comme prévu initialement. Je suis arrivée dans la soirée. Grosse teuf à la SNSM avec mes potes et ma fille. On aurait dit que j'avais gagné la Route du Rhum encore une fois.

Je n'ai pas pu m'empêcher de sortir un truc d'écrivain, c'est une manie, on est tous pareils. On parle avec un stylo dans la voix.

— Tu avais gagné ta vie, Florence, tu avais gagné la course contre le vieux tic-tac british en laiton.

Je ne la voyais plus du même œil après avoir entendu son histoire. Je me demandais combien de fois dans sa vie, dans ses nuits au large, dans ses tic-tac déraillés, dans ses déferlantes qui lui tombaient dessus par millions de quintaux auxquels venait s'ajouter la masse incalculable du vent : dans ses brouillards atlantiques dont elle ignorait qu'ils contenaient des hauts-fonds et des marées basses, combien de fois elle était passée de l'autre côté du miroir sans que la mort lui demande ce qu'elle foutait là et si elle avait vraiment l'intention d'emménager.

J'ai repris un ton au-dessous :

— Tu te sens comment aujourd'hui ?

— Ça va... Première fois de ma vie que j'ai avalé de l'eau de mer en trouvant ça bon.

— Bon ?

— Comme du muscadet. Elle rit dans ta bouche, la mer elle te gargarise, elle te fait confiance.

— Tu y penses souvent.

— C'est par périodes... Je me réveille, la nuit. Je me demande où je suis. Dans mon lit ou dans l'eau. Je revis les choses comme un rêve d'enfant. Je suis le pilote de l'hélico dans l'infini marin, je suis aussi moi, Flo, en train de me noyer. Le pilote aperçoit ma frontale et se dit qu'il a la berlue, qu'il est fatigué, qu'il voit des feux follets, et moi je ne vois plus rien, ni la mer ni les étoiles, je m'en vais en douceur. Dire que nos deux regards n'ont aucune chance de jamais se croiser et que dans moins d'une minute je verrai mon sauveur les yeux dans les yeux. Je me fais ce film, c'est vrai, un film d'angoisse avec des variantes sympas. C'est pas trop mon truc, le sommeil, faut dire.

De nouveau ce regard intense qui en a tellement vu, cet œil de Fatma où remuent des présages.

— Je vois les choses différemment, peut-être, aujourd'hui. Ça ne m'était jamais arrivé, enfin si, après mon premier accident.

Il y a du fatalisme, dans sa voix éraillée, une note d'appréhension.

— Même toi, Yann, je te vois différemment… J'aime bien tes romans, pas tous… Drôle de mec… Tu les relis, tes romans, parfois ?

— Jamais.

Pourquoi me pose-t-elle cette question ? Qu'est-ce qui l'a touchée dans mon écriture ou lui a déplu ? J'aimerais bien en parler avec cet esprit mutant qui revient de la mer comme de l'au-delà.

— Alors, Yann, on le fait quand, ce bouquin ?

— Quel bouquin ?

— Allez, on le fait quand ?

Et moi qui croyais avoir été clair en lui disant « non ». Clair avec elle, clair avec moi.

— Mais jamais, Florence, jamais, et je t'ai dit pourquoi. Et d'ailleurs quel genre de bouquin ?

— … genre la mer, c'est tout, rien que la mer et la vie, quand tu auras le temps.

5

Genre la Mer

C'est chose faite, Flo, j'ai le temps depuis hier soir – 23 mars 2020. Comment n'aurais-je pas « le temps » avec ce qui se passe actuellement dans le monde civilisé où tu nous as faussé compagnie. Figure-toi qu'un virus en cavale sévit autour du monde, un certain Covid-19 (nom bidon pour agent secret). Il s'en prend aux vieux, aux vieilles, aux obèses, aux faiblards, aux fumeurs, jamais aux nouveaux-nés. Il hait les vieux, surtout, les étouffe vite fait bien fait. Il a commencé par les Chinois, puis les Italiens, puis les Espagnols, et maintenant c'est la Terre entière qui suffoque et se calfeutre à cause de lui. Il est pour ainsi dire inconnu des services médicaux débordés par tous ces vieillards au souffle coupé. On sait juste qu'il vit en autarcie dans les gouttelettes de salive, ces fines bulles que les êtres humains émettent en parlant (certains plus que d'autres). Et qu'à la faveur des postillons en liberté, *Fantomas 19* s'introduit furtivement dans les poumons du public où il fait des petits en quantités astronomiques. Les gouttelettes sont partout, Flo, les postillons partout, le public partout, et la contagion ne peut qu'essaimer. On cherche des boucliers sanitaires, on se débrouille : masques de papier, heaumes de plexi, para-gouttes de survie. Première mesure émanant des autorités, première injonction élyséenne : Restez chez vous, braves gens, braves poumons – et gare à nos vieux aînés. Lavez-leur les mains, désinfectez-les à l'alcool : éloignez-les des bébés aux fines bulles suspectes, toujours dans les pattes de leurs aînés, toujours à bisouiller les anciens. Pourquoi ce luxe de précautions, chers enfants de la patrie en danger ? La guerre sanitaire, le pont-levis sanitaire, la chienlit sanitaire. On boucle l'Hexagone, la terre, le ciel, la mer, l'océan, on ferme tout, chers concitoyens, on retient son souffle. Deuxième injonction : Sortez, mais ne sortez qu'au nom des intérêts nationaux : le feu, la faim, la soif, les urgences, les ordures, les rats, les voleurs, l'ordre public. Et merci aux soignants mal payés ! Ah les braves soignants ! Une cagnotte pour les soignants ! Des milliards pour les soignants ! Des tonnerres d'applaudissements pour les soignants ! Troisième injonction : Au travail, les tire-au-flanc ! Assez flemmardé comme ça, debout, le pays fait naufrage. On se sort les doigts du… et on va bosser. Et pas de gouttelettes en réunion, s'il vous plaît, on respire avec modération, comme nos courageux policiers prêts à vous aligner.

Ces trois injonctions, Flo, seront un jour abondamment commentées dans un dossier d'État fourre-tout qui prendra pour nom générique :

SECRET-DÉFENSE CONFINEMENT
NATIONAL 2020

Et si « CONFINEMENT 2021 » devait intituler un dossier – plaise à Dieu que non –, je n'ose imaginer la fin des haricots observée sur le terrain par les rapporteurs masqués et divers témoins. Est-ce qu'on en saura plus un jour sur le Covid ? Croisons les doigts pour que nul « Secret-Défense » ne vienne jamais entourer un « Confinement national Saint-Glinglin ».

Le temps libre, Flo, je me demandais si je l'aurais jamais. Tu l'as perdu, toi, le tien, le soir de l'accident. Et par accident je n'entends pas l'hélico argentin, mais la BMW fracassée dans le décor, en mars 1974. À dix-sept ans, tu as su quelle femme raccommodée tu n'allais plus cesser d'être et d'exposer pour vaincre la peur des choses : pour gagner contre elle en gagnant la course en mer, au large des péchés de jeunesse que tu n'as jamais reniés, soit dit en passant. Est-ce que c'est un péché, la fureur de vivre, l'amour, la vitesse envisagée comme une solution magicienne au temps qui passe, égrenant béatement son absurdité ? Il ne te lâchait pas, ce vieux salaud d'accident perché sur toi comme un perroquet radoteur, un avatar abject – mêmes souvenirs, même saison en enfer, même avidité. Quarante-deux jours à l'hôpital de Garches, le pavillon des morceaux manquants au nord de Paris, vue sur la Seine et les frondaisons. Là rouvrent les yeux – parfois – des jeunes gens sortis plus vifs que morts des objets roulants qui les ont taillés en pièces, un soir de belle humeur avec les copains. Motards, chauffards, la solidarité des angelots mutilés. Moi, c'est les yeux, et toi ? Moi c'est les mains, et toi ? Moi la jambe gauche, moi les deux jambes, le nez, les pieds, lui c'est la langue, lui la mâchoire, lui les bijoux de famille, etc., tout le puzzle du corps humain jour après jour offert à la scie mélancolique des menuisiers en blanc. Et toi, Flo ? Toi défigurée, saignée, fracturée, paralysée, toi deux hématomes au cerveau, coma dépassé. Et toi, si tu t'en sors, c'est que vraiment tu l'avais…

Tu t'en es sortie. Quarante jours, c'est le temps passé par le Christ au désert, je crois, tu avais fait mieux que lui. Dans l'intervalle, tes parents avaient compris qu'ils n'avaient pas tout compris, avec toi, et que probablement ils resteraient sur leur faim. Pourquoi mentent les enfants ? Par hasard et nécessité. Pour être ce qu'ils sont quand ils en ont besoin, quand c'est plus fort qu'eux, l'instant présent, l'orgasme qui va. Et personne ne t'en a voulu, tout le monde s'en voulait. Tu es rentrée chez toi pardonnée, rafistolée plus ou moins, nantie d'une feuille de soins restreignant ton horizon pratique à celui des vieillards au bout du rouleau. Ce n'est pas la mer ni la voile qui t'ont sauvée du spleen, les premiers temps, mais les livres, baroudeurs immobiles, trésors d'harmonie, puits de bonté. La douceur de lire après la fureur de vivre, un bien joli radeau pour la naufragée du bitume en réparation, la pasionaria des transgressions alcooliques habituée à faire le mur des préjugés bourgeois, chrétiens, pour explorer en douce les jardins interdits. Alors, Flo, on lit quoi ? Comme à l'hôpital, on lit ce qu'on lit. On s'endort sur les bouquins sans avoir bien compris de quoi ça parlait, on ne les finit pas, on les oublie. Un soir t'arrive entre les mains ce roman qui t'avait barbée, la première fois, quand ton père t'avait dit : Lis ça. *Moby Dick*. Tu n'étais jamais arrivée à la fin. On vous promet le duel sanglant d'un capitaine boiteux et du monstre marin qu'il prend pour le diable, diable lui-même, et l'on perd son temps avec une espèce de témoin de Jéhovah désœuvré qui perd son temps à citer l'Ancien Testament qu'il connaît par cœur et cherche à vider de toute ingénuité ; et l'on dirait, là-dedans, que la mer ne compte pas plus que la couverture illustrée du livre qui vous ennuie à périr.

Moby Dick, tu l'as vu au cinéma, somptueux film d'aventure au large avec de beaux gosses d'acteurs américains aux yeux bleus dans la peau des damnés du harpon. C'était bien, *Moby Dick* à l'écran, c'était génial et ça vous embarquait, mais c'était avant l'accident. À petites doses, le cinéma, après, à petites doses la vie comme tu l'aimais, corps et âme, sans te poser de questions sur la santé. Tu t'y recolles, au roman fastidieux, au pavé métaphysique du chef-d'œuvre de Melville. Tu l'ouvres sans faire attention. Il s'est écoulé des années depuis que tu l'as refermé en bayant aux corneilles : « Mon père me connaît bien mal. » Il te connaît mieux, cette fois. Le temps a passé, un malheur s'est produit, rompant la nature du lien qui t'unissait à ta famille, ramenant messire le doute à la maison du bonheur. Pourquoi elle a fait ça ? Pourquoi tu as fait ça ? Pourquoi j'ai fait ça ? Pour t'opposer aux murs, pardi, comme tous les évadés sincères, d'où qu'ils cherchent à sortir, mais ce sont là des paroles de bon sens auxquelles on se bouche les oreilles, à dix-sept ans, quand on conduit sans permis la BM parentale du copain, le sang troublé d'alcool et d'une rage d'accélération qui n'a peur de rien. On souffre de grisaille, on s'attaque au soleil directement, seconde chance, option extrême ; et c'est en attaquant le soleil de front, à cinquante-sept ans, jamais guérie d'un azur total, que tu périras par le feu.

« À dix-sept ans l'avenir n'était pas indéchiffrable pour moi, comme souvent pour les jeunes, j'étais guidée par l'amour de la mer », écrivit Florence Arthaud.

Tu es sûre, Flo ? Tu es sûre que tes paroles d'écrivain n'égarent pas tes intentions de jeunesse ? Tu es sûre que tu étais guidée ? Il est des évidences qui ne vous crèvent pas les yeux, à dix-sept ans, et l'on se plante en bagnole au lieu de partir en mer aux côtés d'Ismaël, sus à l'inconnu dissimulé par l'horizon.

Ismaël, le héros du roman qui veut s'appeler Ismaël, c'est toi dans le ventre de l'accident, Flo, dans le ventre du coma où ton cerveau meurtri, déconnecté d'avec le monde extérieur, n'a cessé jour et nuit de combattre les murs, ces entraves à la liberté dont tout humain normal cherche à s'émanciper, à dix-sept ans comme à cent. Si tes parents te le disaient dans ces termes, et peut-être l'ont-ils fait, tu resterais muette, respectueuse, et tu penserais : Cause toujours, refusant les causeries sensées dont le dernier mot finit toujours par débarquer en gros sabots pailletés : Ne recommence pas, ma chérie, pour ton bien… Recommencer quoi ? À vivre ? Tu vis pour ça. Ismaël vit pour ça, Edmond Dantès pour ça, deux marins, deux évadés sincères, deux écorchés vifs. Eux tu les écoutes ; ils te portent conseil et tu serais bien inca-

tiers navals. Tu pourrais faire comme eux, plus tard, quand l'avenir viendra. Te rendre utile à la société.

Convalescente, sortable, tu passes le bac. Aucune chance de l'avoir, amochée comme tu l'es. Tu ne l'as pas d'emblée, c'est vrai, mais tu l'as au rattrapage, au bagou. L'avenir te pose de nouveau la question : On fait quoi, nous deux, maintenant ? Tu réponds fièrement : Médecine, soulagée d'avoir un but professionnel qui t'aille aussi bien. N'es-tu pas une âme sensible depuis toute petite ? L'ennemie du mal qui fait mal et des tragédies superflues ? L'ennemie des bobos dont le spectacle envahit les rues : chat qui traîne la patte ou moineau qui crève de froid sous un banc, ou clochard obligé d'agiter une sébile rouillée pour attirer l'attention des riches sur ses pauvres doigts bleuis par l'hiver, ou chien trop âgé pour lever la patte comme il faut, ô le pauvre chien… Le cœur sur la main tu l'as, et les larmes aux yeux dès que la souffrance d'autrui se trouverait bien d'un minimum de compassion, geste à l'appui… Médecine et même chirurgie, car tu as toujours aimé bricoler avec Jean-Marie. Et réparer des corps endommagés comme des bateaux mordus par les hauts-fonds : raccommoder tes semblables qui t'ont raccommodée, te dévouer à des enfants handicapés qui cherchent une issue à leur enfance, eh bien oui, c'est un métier pour toi, une vocation. Et c'est grâce à ton accident que tu t'en es aperçue à temps.

Te voilà sur pied, Flo, libre d'aller et venir sans forcer. (Mais pour qui me prenez-vous !) Libre aussi de mentir à tes parents comme au bon vieux temps. C'est à vélomoteur que tu vas à la fac de médecine,

pable de dire lequel t'a parlé. Quel conseil porte le vent d'ailleurs ? La nuit ? Les mots des bons romans ont le tact du malheur des autres : malheur et bonne étoile. Ils n'expliquent rien, ne vous connaissent pas, mais vous délivrent à point nommé du monde obscur de vos intentions, et font renaître l'espoir entre vos mains déçues. La jeunesse inconsciente, l'aventure, la mer plus vaste que tout, le mystère insondable des nuits, le mystère de chacun dans son rêve insondable et sa peur, la liberté sans prix, le rendez-vous du diable au cœur de l'horizon, la vérité plus mince et nue qu'un dernier souffle vivant ne pourrait l'exprimer – de quels trésors n'es-tu pas riche à foison, à ton retour de Garches, en lisant jour et nuit *Moby Dick*, identifiée par cette voix qui parlait sur tes lèvres à ton insu. « C'est “mon livre”, me diras-tu un jour, il ne m'a plus jamais quittée. » Oui, eh bien je ne l'avais jamais lu quand tu m'en as parlé, Flo, sache-le. Je m'étais lâchement contenté du film, moi aussi. Je me suis rattrapé depuis grâce à toi, merci.

Moby Dick n'est pas seul à prendre la mer, chez toi, dans les rayons. Ils sont des milliers de livres à ta disposition. Tu passes à côté d'eux sans les ouvrir, préférant la belle image au regard figé des mots sur la page, et la voix qui vous enchante à la maigre chanson inaudible d'un conteur absent. Tu ne lis guère, avant l'accident, absorbée par la jeunesse qui bouillonne en toi, par les innombrables tentations du moment. Tu n'as pas le temps d'être seule et d'imaginer autre chose que ton moi naissant, tiraillée entre l'obéissance aux aînés et l'âpre liberté que la morale judéo-chrétienne interdit aux filles, et seulement aux filles. Après l'accident, la solitude est ton lot. Tu te poses des questions, tu les poses aux bouquins, tes nouveaux amis. Et c'est de toi que tu deviens l'amie intime, en les fréquentant.

J'ai placé *Moby Dick* sur mon bureau, Flo devant moi. Ce matin, au chant d'un oiseau sous la pluie, j'ai relu la première phrase dont j'avais un pâle souvenir. Je croyais entendre ta voix. « Je m'appelle Ismaël, mettons… » Et moi j'entendais en écho : « Je m'appelle Florence Arthaud, mettons… » Écoutant ces mots je t'imaginais les lisant dans ta chambrette sous les toits, rue de la Tour, et j'essayais d'éprouver tes sensations. Entreprise ô combien stérile de la part d'un homme dont les os ni la cervelle, ni les pensées n'ont enduré les violences d'un accident aux limites de la mort et de l'oubli.

Tu t'appelles Florence Arthaud, mettons. Tu reviens du pavillon des morceaux manquants, orpheline de la Florence qui se croyait invulnérable avant d'échapper à la mort. Qu'est-ce que tu vas devenir à présent ? Tu aimes la mer, mais tu n'en sais rien. Elle t'appelle, mais elle t'appelle tout bas. Le grand amour entre vous n'est pas déclaré, même si tu es une fille de l'eau qui n'aime rien tant que partir en croisière, l'été, sur le voilier que ton père vient d'acheter, et que tu es allée chercher en Italie avec lui. Tu as ta place attitrée, sur l'*Argade*, matelot. Assise à l'arrière, les pieds ballants à l'extérieur, les bras croisés sur le balcon d'inox quand il n'est pas bouillant, tu regardes l'étendue s'étaler sans penser à rien, sans deviner que tu pénètres avec les yeux dans le livre de ta vie future, écrit d'avance.

Si tu lis beaucoup durant ces longues semaines la maison où tu reprends contact avec un nouvea « moi » qui s'appelle Flo, comme le précédent, tu réfléchis beaucoup aussi. Tu penses à l'avenir, on t'y fait penser, un sentiment nouveau. Pourquoi faut-il que cette chose abstraite nous crée des soucis ? Que faire de l'avenir ? Qu'est-ce que l'avenir pour une fille, depuis 1968 ? Une fille à papa, qui plus est ? Oh mais laissez-moi tranquille à la fin ! C'est comme tout le monde, une fille, c'est libre, et ça ne veut pas qu'on lui mette de bâtons dans les roues ! Mon père n'a rien à voir avec ça.

Tu veux faire quoi, plus tard ? On te posait la question avant l'accident et tu n'avais aucune réponse à donner, trop occupée à n'avoir que du moment présent dans ton agenda. Mais tu reviens du pavillon des morceaux manquants où tu as souffert et vu souffrir des dizaines de jeunes gens comme toi. La souffrance, on peut dire que tu ne savais pas ce que c'était avant d'entendre ces cris, ces pleurs, ces râles et de voir ces longs corridors blanc neige livrés aux fauteuils roulants des estropiés à vie. Tu as connu ça, le fauteuil roulant, simulacre d'une BM heureuse comme le vent. Et tu as connu ces mécanos irréels chargés de faire le tri des morceaux quand on leur amène les accidentés, entre ceux qu'on peut espérer sauver, recoller, revisser, et ceux qui n'ont plus rien à espérer. Les mécanos du mental, tu les as connus aussi, les psychothérapeutes aux airs doucereux. Mais toi, ce sont les premiers, qui t'ont le plus marquée, les bricoleurs outillés comme des ouvriers de chan-

rue Jacob, non pas en bus comme on l'imagine chez toi. Le 103 Peugeot t'attend dans la rue loin du regard maternel, le plus souvent démarré par ton frère Jean-Marie. À fond les manettes sur ta chignole interdite qui file au bord de la Seine, casquée ou non suivant les jours, tu n'as peut-être jamais autant aimé la vie, autant risqué la perdre. Tu fais confiance au hasard, ce périlleux allié dont tu sais qu'il est accessible à la folie. Guérie non, tu ne l'es pas après les quarante-deux jours à Garches, et guérie le seras-tu jamais ? Tu es suivie, rééduquée par les meilleurs praticiens, attendue chaque semaine à l'hôpital pour une série d'examens du corps et du cerveau, constamment rappelée à l'ordre d'un régime sec exigé par ta santé en observation. L'équitation ? Interdit. La danse ? Interdit. Le tennis ? Interdit. Le ski ? Interdit. Le ping-pong, le footing, l'escrime ? Interdit. Interdits ces précieux passe-temps qui furent tes hobbys – ton lien social de jeune bourgeoise friquée avec ses pairs – et dont tu voudrais ne sacrifier aucun. Interdit l'alcool, le tabac, la nuit blanche et les aubes déjantées : toute forme d'excitation qui pourrait induire un stress vasculaire inopiné, fatal.

Voilà un dialogue type entre toi et les médecins qui te mitraillent de questions :

— Comment tu te sens ?

— Est-ce que ça te plaît, la fac ?

— Est-ce que tu as du mal à te concentrer ?

— Tu te destines vraiment à la médecine ?

— Est-ce que tu penses souvent à l'accident ?

— Est-ce que tu en parles à tes proches ?

— Est-ce que tu te réveilles, la nuit ?

Et toi :

— Ça va.

« Cool, la fac.

« Parfois, oui. Ça bourdonne. Ça passe.

« Oui, j'adore. Surtout la chirurgie. J'ai envie de recoudre des plaies, de soigner les autres, de les aider. Je me vois bien visser du titane dans les os. Je suis une manuelle. Je sais tricoter à trois aiguilles, broder à la navette. Chez les sœurs on faisait des boutonnières et des smocks.

« Je n'y pense pas trop. Je ne me souviens de rien.

« On se parle, oui. Moins qu'au début, ça dépend. Ils font gaffe.

« La nuit, je dors. Bien. »

Oh ! la menteuse. Tu manges des bonbons, la nuit. Pas sur la liste noire, les bonbons. Tu te bourres de Car en Sac (les malabars te flanquent la migraine, ça ne va pas durer). Tu rêves à la mer en mangeant des bonbons. Et tu n'arrêteras jamais. Je parie qu'il y avait des Dragibus dans tes poches, quand tu es montée dans l'hélico.

Au zélé toubib qui se fait un devoir hebdomadaire, mandaté par tes parents, de t'énumérer les privations que tu pourrais bien négliger en douce, tu déclares un jour de but en blanc :

— Et la mer ?

— La mer ?

— La mer, la voile, j'y ai droit ?

— Qui t'a dit le contraire ?

— Personne.

— Alors, qu'est-ce que tu attends ?

Bien joué, Flo ! En plein cœur, Flo ! En souriant, Flo ! Quand tu souris tu n'en penses pas moins. D'un XVIe arrondissement aux horizons patriciens, te voilà passant aux horizons marins sans foi ni loi, à la « voile sauvage » dirait feu ton ami Marc Linski disparu en mer. Te voilà désertant la bonne société où tu es née pour la société du vent qui ne va nulle part autour de l'océan. Certes il ne t'a pas loupée, l'accident, il t'a même un peu tuée, admettons, mais vois le cadeau qu'il te fait pour s'excuser : la mer… Et les toubibs visionnaires de signer cette ordonnance paramédicale inusitée : la mer, la mer jour et nuit, la mer vue comme une panacée pour cette jeune étourdie qu'ils n'imaginaient pas remettre sur pied, aussi belle qu'avant son accident (une coquetterie supplémentaire dans l'œil droit, c'est que dalle après un tel gâchis). On s'inquiète, rue de la Tour. L'avenir, l'argent, les études, la famille, un beau mariage avec enfants et testament, on en est où ? On la connaît, Flo, notre Flo, on l'aime, on la craint aussi. La mer avec elle risque d'aller un peu loin, de se transformer tôt ou tard en BM. Est-ce qu'elle sait au moins ce qu'elle lui veut, à la mer ? Est-ce qu'elle se doute que la mer est la mer, vraiment la mer, une mère tueuse ?

Avant de répondre à cette question, je vous dois un aveu. J'ai trouvé les mots justes pour aborder ce livre auquel j'avais dit non, autrefois, ne voyant pas quelle âme et quelle direction lui donner, ni pourquoi Florence n'en serait pas l'auteur, elle uniquement. Force m'est de constater, la donne ayant changé, que je l'écris sous vos yeux depuis un moment, comme tout romancier en osmose avec des personnages habitués à sa voix, ses tics, connectés à ses mondes interlopes, à ses horaires de forçat. Je l'écris sans l'avoir commencé, bizarrement, je veux dire : commencé par le début, à l'âge exact où les pièces de l'hélicoptère argentin n'ont pas encore été conçues par l'ingénieur, et où je vois Flo pour la première fois sans me douter qu'elle est Flo, la fiancée du meilleur et du pire (comme nous tous, vous me direz), et que je lui survivrai quelque temps.

Ils ne paient pas de mine, les mots que j'ai trouvés, notés sur un post-it, mais ils croient en moi et c'est réciproque. Il aura fallu ce manoir désolé sur la mer et sous la pluie (que d'eau !) pour nous mettre en contact lors de ma dernière insomnie qui remonte à quelques minutes. Et me voilà gai comme un pinson ou plutôt excité comme un enfant devant son puzzle terminé qu'il peut faire admirer à ses proches. Qui sont les proches du romancier ? Vous, lectrices et lecteurs inconnus, vous qui prenez la peine de tourner les pages de nos histoires vraies, et, comme les personnages eux-mêmes, de vous habituer au son de notre voix. J'aurais aimé les écrire plus tôt, ces mots, vous pensez bien. Il faut croire qu'ils n'étaient pas prêts, tout simples et confiants qu'ils me sont apparus cette nuit, à la fois vision et chuchotement. C'est par eux, les intrus inespérés du mauvais sommeil, que ce livre finit par débuter – formule osée – alors qu'il a déjà un paquet de milles au compteur, que la terre est loin derrière nous, loin devant :

« J'ai connu Florence Arthaud le soir du 15 août 199…, à la marina d'Ajaccio. »

C'est tout ? C'est tout. Mais quand la nuit porte conseil, mieux vaut la prendre au sérieux, surtout quand on joue soi-même un rôle actif dans l'histoire qu'on raconte, je vous racontais quoi, au fait ? Ah oui : que j'avais connu Florence Arthaud le soir du 15 août 199…, à la marina d'Ajaccio. Je ne suis pas certain que nous ayons jamais remémoré cet épisode, elle et moi. Elle m'aurait probablement dit : « Tu étais différent, à l'époque », sans insister. Différent, oui, je l'étais. Si différent que j'éprouve une certaine difficulté à me relier au trentenaire fantoche qui fut « moi » – en son temps qui fut mien – et qui l'est toujours par le souvenir. Ajaccio, donc. Flo est sur un voilier, moi sur le voilier d'à côté, nos regards se croisent et ne se disent : rien. Elle est belle ? Mignonnette, sans plus, avec des nattes. Pas de quoi se relever la nuit. Quelque part dans ma…

6

Un Chat un Chat

… Quelque part dans ma tête est photographiée cette Flo du premier instant avec tous les détails que l'oubli m'a confisqués : lunettes noires, débardeur fripon (ça pointe), peau dorée par les soleils de mer onctueux comme la soie, grandes mains et grands pieds, sourire un peu snob. C'est bien ainsi qu'elle a dû m'apparaître et se faufiler dans mon subconscient. Une Flo incognito sous une apparence de mijaurée à skippers, appréciée à bord pour son pois chiche et son point « G » complaisant. Maintenant imaginez deux voiliers côte à côte, « à couple » si vous préférez, sous la citadelle génoise d'Ajaccio. Celui qui vient d'arriver répond au nom russe de *Baba Yaga*. C'est mon bateau : c'est moi, un 456 dessiné par l'Argentin Germán Frers, le père du *Swan 44*, la mieux gaulée des légendes en plastique à voile, un rêve hors de prix vendu par Nautor's en Finlande. Mon 456, deux fois moins cher, n'est pas mal non plus, taillé pour la brise et le tape-à-l'œil dans les marinas. Il est svelte et blanc, rouge à la flottaison, le pont en teck, le roof en sifflet, aussi bien foutu qu'un

Swan, j'en suis jaloux comme un amoureux du corps de sa belle. À propos, ne manquez pas la terrible Baba Yaga peinte en noir à la poupe au-dessus du tuyau d'échappement. Une sorcière, dans la mythologie slave, une mangeuse d'enfants crus : une petite fadette au naturel, sur mon voilier, à califourchon sur une plume en berceau figurant peut-être l'inspiration, le phallus ou la liberté. L'autre voilier, celui-là directement amarré au catway 29, est un ketch luxueux trop joufflu à mon goût. Pour débarquer je dois l'utiliser comme passerelle, demander la permission aux voisins. Ce que je fais, avisant un couple murmurant dans le cockpit, en plein apéro vespéral (du champagne rosé, s'il vous plaît, un magnum dans un seau). Elle, c'est Flo, mais je ne la reconnais pas. Lui, le grand dadais en face d'elle, c'est Pierre Bachelet, *La Mélodie d'amour*, *Emmanuelle*, je ne le reconnais pas non plus. Elle me sourit, baisse les yeux, et c'est lui qui répond à ma question par une question vexante. Est-ce que mon Gin Fizz me donne satisfaction ? Il se fout de moi ou quoi ? Mon 456 ? Un Gin Fizz ? Le gros bourrin à voile des loueurs de la côte ? Pourquoi pas demander au propriétaire d'une Ferrari s'il est heureux avec sa Clio ! La fille nattée commence à décliner les talents du 456, racer qu'elle connaît bien, son ami Jean-François Deniau en a un. Le grand dadais s'excuse platement, m'invite à trinquer sur son ketch, puis à retrinquer (magnum bis), et la bulle portant conseil aux voileux de rencontre : à dîner chez *Jean-Jean*, l'as des as des langoustes aux nouilles pimentées, à deux pas d'ici.

Vous ai-je dit que nous étions deux sur le *Baba Yaga* ? Comme je larguais l'amarre à Saint-Florent, la veille, une douce et tendre était arrivée sur la pointe des pieds, vêtue d'un topless vert amande assorti à ses ongles, une boîte de bonbons Ricola à la main. On l'attendait à Ajaccio, sa belle-sœur en galère. Ah bon ? Et tu t'appelles Josy ? On s'est rencontrés hier soir en discothèque ? Et c'est moi qui t'ai donné rendez-vous ici ? Dans la journée, Josy dort profondément ; le soir on peut la trouver à l'arrière du sloop, fumant ses bonbons colombiens en regardant l'infini dans le blanc des yeux. Sa voix, j'en connais à peine le son. Mais à la vue du grand dadais du bateau joufflu, voilà qu'elle s'écrie sourdement, le feu aux pommettes : « Francky ! »

Entretien sans témoin avec Josy dans la cabine arrière du *Baba Yaga*, juste avant de partir au restaurant avec nos amis.

— Tu le connaissais, ce… ?

— Francky ?… Tout le monde le connaît, voyons. C'est Franck Provost, mon coiffeur chouchou… Qu'est-ce qu'il fait avec ce boudin ?

— Il s'appelle Pierre, je te signale, ton Francky.

— Pour pas qu'on l'embête, voyons. C'est un grand monsieur, Francky, un *people*… Le « carré plongeant », c'est lui, le brushing de Sharon Stone, c'est lui, le dégradé de Rita Mitsouko c'est lui, il les a toutes eues sous son peigne.

— Tu crois ?

— J'ai sa photo chez moi quand même !… Non mais tu l'as vue, cette malpropre ? Des nattes avec des élastiques, les boules !… C'est les crades, au bahut, qui se faisaient des nattes. Elles revendaient leurs berlingots de shampoing.

Sûre d'avoir affaire au coiffeur vedette dont le poster ornait son studio mansardé à Gérardmer, elle était moins pressée de rejoindre sa belle-sœur en détresse. Un dîner avec Franck Provost, c'est l'occase ou jamais quand on veut réussir dans le cheveu. Elle comptait sur moi pour lui parler d'elle et pour obtenir son numéro privé. « Après tout, moi aussi j'ai commencé dans un petit salon merdique chez les bouseux. Moi aussi, je suis partie de rien. »

Ces derniers mots assortis d'un clin d'œil de voyou, l'air de dire : Et toi, dis donc ? T'es parti de rien toi aussi ? Il est à qui, ce bateau ?

J'ai payé le 456 à la sueur de mon front. Pas en fourguant des berlingots de shampoing aux œufs, c'est sûr, et pas non plus en peignant la girafe à Gérardmer. Sur les trois livres dont je suis l'auteur, en 199..., le troisième a eu du succès. Un roman écrit sur un coin de table, un coin d'avion, un coin de bateau, un coin d'hôtel, un coin de piano (j'étais marié avec une musicienne), un coin de rêve, un coin de malheur et de folie, un coin de tombola. Mettez bout à bout les différents coins et les heures et les nuits qu'il m'a fallu pour lui arracher son point final, et vous obtiendrez le tout cohérent d'une histoire simple dont un large public s'est emparé, surtout les femmes – amoureuses-nées, vous me direz. Et chacune ayant versé un pleur ému dans le cours de ma chance enflé à craquer, j'ai pu dire au commercial du 456 (un Antillais chauve à richelieus crème) : Cash ! mon brave, avec toutes les options, et les parements en rouge, j'y tiens, épargnez-moi votre bleu standard. Depuis, je vis retiré sur mon voilier, en ermite mondain. Une retraite au désert dans l'aquarium chéri des rupins entre Saint-Tropez et Saint-Tropez, via l'île de Beauté, paradis hauturier sans marée, paradis inachevé. Et de loin en loin la Baba Yaga dévêt son ombre noire et se hasarde à bord du sloop en disant qu'elle s'appelle Josy, qu'elle rejoint sa belle-sœur au plus mal, en ne disant rien d'autre. Ah si : Francky… Francky : le roi des merlans pour dames !

Et maintenant le dîner chez *Jean-Jean* après un énième apéro à la capitainerie. On est arrivé tard, le foie déjà bien chargé (sauf Josy, buveuse de jus d'ananas). Les tables étaient dressées dans une venelle antique où l'ail exultait sous la lune, la soirée battait son plein. Elle n'a plus rien battu, soudainement, la sidération unanime, la tétanie. Même les langoustes écartelées ici et là semblaient nous zyeuter avec incrédulité. Qu'est-ce qu'ils ont, tous ? Ah mais oui, c'est vrai, je suis connu, la télé, la presse, mon bouquin. Est-ce que j'ai le melon, en 199… ? À l'époque, j'aurais dit non, cent fois non. Aujourd'hui pareil : un non franc et naïf, nuancé du fait qu'un parvenu des Lettres se croit toujours plus en vue qu'il n'est en réalité, plus lu, plus aimé. Et ce n'est pas le renom d'autrui, pape ou président, qui risquerait d'empiéter sur son ego. J'ai quelque difficulté, j'avoue, à situer Pierre et Flo dans la vie, la vie privée. Elle pas si jeune, lui pas si vieux, ça donne quoi ? Un collage grand coiffeur et cliente aux dents longues ? Un tandem papa gâteau et fille unique à ses crochets ? Un plan chtarbé frère et sœur ? Cousin cousine ? Il ne m'effleure pas qu'ils puissent être des vedettes, tous les deux, les monstres sacrés d'un public ahuri de les voir ensemble, affichant une liaison que personne ne soupçonnait.

On nous installa derrière un paravent, champagne offert par la maison. Un Jean-Jean tout feu tout flamme, aillé de frais jusqu'aux yeux, vint nous saluer, s'essuyant nerveusement les mains dans son tablier maculé de sang du ketchup. Il commença par Flo qu'il embrassa, il embrassa Pierre (Francky ?), il embrassa Josy, me serra mollement la main sans lâcher Flo des yeux (je l'intimide, sa femme lui rebat les oreilles de mes phrases), annonça qu'il se chargeait de tout, s'éclipsa. Et durant tout ce dîner fiesta je vais allègrement porter à mon crédit les attentions destinées à Pierre et à Flo : quand Jean-Jean monte au balcon fleuri de jasmin chanter Napoléon d'une voix à décrocher la lune ; quand serveuses et serveurs piétinent en farandole autour de nous, brandissant les formidables crustacés que nous aurons bientôt sur l'estomac ; quand toute la venelle se met à massacrer *Les Corons*, ma chanson préférée en 199... et plus tard à chanter *Flo* ; quand de petits papiers blancs volettent dans la nuit noire en quête d'autographes – et ça pour les signer nous les signons tous, je veux dire : nous tous, même Josy décomposée de voir *Josy* jouxter le nom illisible d'un homme ayant platiné le mèche à mèche de Lady Di à Buckingham pour le jubilé d'Élisabeth. Et de quoi parlons-nous tout en mâchouillant les pattes de feu nos langoustes corses et en buvant des rosés locaux à dix-sept degrés ? De la mer, mon dada, mon enfance, ma vie, comme les histoires qui font pleurer les femmes de sept à soixante-dix-sept ans. Josy soupire bruyamment : « Mets-la en sourdine ! » (Elle est vexée, je crois, son coiffeur la déçoit.) Pierre et Flo ont l'air de m'écouter. Ne suis-je pas l'Atlantique, à cette table méridionale ? Le voileux finistérien qui, non content d'avoir traversé l'océan jusqu'aux Antilles, l'a traversé par deux fois et demie sur son précédent voilier, avec son pote nantais, la demi-dernière fois sous la pression d'un souffle qui n'avait rien d'alizéen, croyez-moi, neuf jours de baston cyclonique pour atteindre Porto Santo, l'île inventée par Christophe Colomb sur la *Victoria* en 1492 : « Et vous savez comment *L'Équipe* a titré le papier sur nous ? SI LEURS FEMMES LES VOYAIENT, ELLES EN FERAIENT PIPI DANS LEURS CULOTTES, authentique. »

— *Santa-María*, m'a dit Flo. La *Victoria* c'était Magellan, le Portugais.

— Je ne vois pas le rapport.

— Aucun rapport, c'est comme ça.

Tiens, elle n'avait plus ses nattes. Depuis quand ? Est-ce qu'elle était arrivée sans nattes chez *Jean-Jean* ? Sans les nattes, elle me rappelait quelqu'un. À travers des circonvolutions de rosé, de champagne et d'ail, il me semblait distinguer un nom se frayant un chemin dans ma direction. Je le perdis de vue à l'instant même où Flo, déjà debout, disait à Pierre qui disait à Josy : « Il n'y a pas qu'un âne qui s'appelle Martin, ma grande[1]... »

1. J'ai tenté en vain d'imaginer un contexte raisonnable à cette phrase.

— *Vamos a la playa !*

Ce fut mon premier dîner avec Flo (le dernier avec Josy qui disparut en sortant du restaurant, tel un rêve bâclé par un rêveur incompétent, oubliant sur le sloop sa boîte de bonbons Ricola – vide).

Aux aurores on prenait la mer direction Gargalu, un îlot pour conte de fées au nord d'Ajaccio. Il y a péril initiatique dans les contes, et pour mériter son arrivée à Gargalu, on doit emprunter un passage à terre où l'on n'a plus que deux ou trois centimètres d'eau sous la quille au milieu du détroit, de l'épate-nanas garanti, une trouille bleue pour le skipper jamais sûr de passer indemne (une fois par saison, un gros patapouf ivre de suprématie – deux fois 300 CV jumelés dans les claouis – lui dit : Merde ! au détroit. Pleins gaz, ma poule ! Fait chier ! et s'en va finir la croisière aux soins intensifs avec sa dulcinée en pièces détachées). Si les fées sont légendaires, à Gargalu, ce n'est pas le cas des oursins. Ils sont légion – des légionnaires succulents, en bas âge au mois d'août, sous la protection jalouse des douaniers embarqués. Une oursinade à la barbe des flics, hein, quoi de plus rigolo, les amis ? L'idée vient de moi. J'étais sûr de mon petit effet.

7

Verbatim

Le calme plat lissait la mer vide, passé la jetée. Les ténèbres se dissipaient, la lune se couchait, vent nul. Encore une journée au moteur, j'ai pensé. Pourtant je voyais la voile monter en pendouillant. Ces deux naïfs n'ont qu'à faire joujou, bénie soit la fée Diesel en Méditerranée. L'air qu'on respirait ne bronchait pas dans l'étendue, lourd, encore moite de l'orage de la nuit. En avant lente à deux cents tours/minute (quatre nœuds), pour m'en tenir à la vitesse du sloop si la voile avait porté, pour rester dans le camp des voileux philosophiquement hostiles aux moteurs marins, j'ai commencé à longer la côte, plein nord. On voyait l'archipel des îles Sanguinaires, rouge sang au crépuscule du soir, bleu neige au lever du jour (la neige prend feu juste après). On a dépassé les îles et la vitesse du bateau s'est élevée à cinq, six, sept nœuds, avec une agréable gîte sur bâbord et des embruns frais, on entendait l'hélice rudoyée se poser des questions qui fâchent hors de l'eau. Un vent surgi de nulle part rabattait sur nous ses risées à quinze nœuds. Ça ne va pas durer, j'ai pensé en étouffant la fée Diesel pendant que mes deux gogos s'affairaient au génois – neuf nœuds au speedo, un près bon plein. C'est qu'elle en a dans les tripes, ma *Baba Yaga* ! Vas-y, ma chérie, vas-y ! Pierre et Flo sont revenus dans le cockpit en sueur, ravis.

Pierre. — Sacré canot !

Flo. — Un peu mou du genou, trop de boiseries mais sympa.

Moi. — Qu'est-ce qu'elles ont mes boiseries ?

Flo. — C'est des ânes morts, faudrait les virer. Le teck du pont, t'imagines les kilos ? Heureusement que t'as un lest en plomb, tu gagnes en cap.

Comment sait-elle que j'ai un lest en plomb ?

Flo s'est alors retournée et elle a dit en voyant flamboyer les Sanguinaires derrière nous :

— On dirait les Tas de Pois.

Bouche bée, j'en suis resté. Plus mortifié qu'épaté.

— Pourquoi tu dis ça ?

— Le granit.

Je passerais la journée à me poser des questions sur cette fille qui m'avait paru des plus anodines, au premier abord. Sacré pistolet ! Elle buvait et riait comme les mecs, elle parlait comme un prof – est-ce qu'elle était prof ? Instit à la maternelle ? « Madame-je-sais-tout » au collège ? Elle hissait la voile : le vent s'excusait, soufflait, et maintenant elle me sortait les Tas de Pois comme si la Bretagne l'avait vue naître, et d'ailleurs pourquoi pas ! Faut les connaître, ces vieux chicots finistériens, ces vieux « tas » au sud du goulet de Brest. Et quand on les connaît c'est forcément qu'on a vu les autres, les îles mères dont les îlets sont les pioupious… Sein, Molène, Ouessant, Litiry, Margol… Et l'Iroise on sait forcément qu'elle s'appelait l'Armor avant la Révolution, qu'elle s'appelait la Mer tout simplement. On sait tout ça mieux que moi, on est un enfant du pays, à ce que je vois un vrai. Je lui dirais bien de se refaire des nattes, tiens, et de sucer son pouce dans son coin (c'est vrai qu'elle a de grandes mains).

Vers midi, on mouillait devant Gargalu, silence et touffeur. Je renonce à vous indiquer la couleur de l'eau. Bleu paradis, vert paradis, je me tais. Émeraude oui, si l'on veut. Ça ne bouge pas, l'eau des pierres, c'est figé, on ne voit pas les poissons comme je les vois, les oursins, les micmacs ondoyants du soleil dans l'eau, encore moins l'ancre posée au fond à une longueur de bras. Un bras long comme la mer ou comme le soleil.

Je n'eus pas enclenché le verrou du guindeau que j'entendis un éclat de rire suivi d'un *splash* suivi d'un second *splash* – et de l'avant je piquai mon *splash* à mon tour, moi qui déteste plonger. Je me laissai couler avec délice, essayant d'atteindre le fond devenu invisible, puis remontai vers la surface où j'aperçus une paire de pieds immobiles dans un chatoiement balancé.

Où je veux en venir, avec cette balade en mer ? Aux oursins ? C'est vrai que je ne déteste pas en parler, confiné que je suis depuis un mois dans ce manoir champêtre, à deux pas du littoral, sous un velux où la mer ne se montre pas, Atlantique ou Méditerranée. Elle fait entendre sa voix, ses ahans et ses mouettes, par flux d'ouest, elle donne à respirer son haleine où se marient l'iode et l'humus des futaies environnantes, elle partage avec moi des nuits étoilées pour ainsi dire océaniques. En regardant la nuit on peut voir la mer, l'imaginer tapie dans les ténèbres, on a presque le pont vivant du voilier sous les pieds. Elle est là, pas là, mais interdit d'aller vérifier sous peine de gendarmerie : encore les bleus, les amendes, la loi. Et sage comme elle est toujours, la mer, elle ne cache pas ce qu'elle pense d'une situation moins désavantageuse qu'il n'y paraît, et surtout moins exceptionnelle. Confinée la mer l'est aussi, dans sa goutte d'eau vitale au sein du néant, le marin dans son navire, le terrien dans ses orteils sans but, l'écrivain dans cette main qu'il appelle écriture, une liberté fermée plus riche que l'Eldorado. En outre, il se dit à la radio que ce confinement pourrait durer un mois sinon deux, et se prolonger ensuite, le virus 19 se montrant plus cabochard que déclaré par nos vaillants toubibs, et partant rétif aux prévisions des hommes en blanc. Le patron c'est lui – confiné dans sa bougeotte aléatoire – lui le patron du temps et des formes les plus humbles du malheur. Tu veux un dessin, Flo ? Il serait moche, un triste dessin au crayon noir, et tu n'es déjà que trop passée par là. Dessinons plutôt la mer à Gargalu, retrouvons les heures bénies où je veux ignorer qui tu es – par vanité j'en suis sûr. Pierre aussi je veux l'ignorer, d'ailleurs, ne pas savoir s'il est le roi du peigne ou d'autre chose. Et dire que nous allons nous perdre de vue, lui et moi, longtemps. Dire que nous serons comme des frères, un beau jour, et que j'écrirai des chansons pour ce géant. Dire que Flo deviendra la plus élective de nos affinités en souvenir de Gargalu 199…, et des oursins dont nous mangerons si peu.

C'est un oursin que je la vois brandir en ressortant ma tête de l'eau. Une vision enchanteresse, un choc qui vous porte au cœur. Mettez-vous à ma place et contemplez. Je suis derrière le voilier, Flo debout sur l'échelle de baignade, les pieds dans la mer, le dos tourné, nullement pressée de remonter à bord. Et le voilier bougeant un peu, elle n'est pas sans bouger, elle aussi, à contretemps. Sa longue chevelure cuivrée ruisselle entre ses omoplates, animale, brillante, elle secoue la tête et je vois l'eau dévaler son échine, je reçois des gouttes à la figure qui m'aveuglent, hélas… Il est bien mignon, l'oursin, mais il joue un rôle secondaire dans la mémoire de cette apparition.

À quoi pensait Flo, sous la mer, à Gargalu, le 16 août 199… ? Je me le demande encore aujourd'hui, me rappelant le bonheur qu'elle éprouvait à plonger sur les oursins défendus, ceux-là pareils à de braves éponges abandonnées dans la nature, violettes, marron. Elle était belle à voir, par-dessus bord, poisson chez les poissons, femme chez les poissons, femme poisson dont les ombres alternées imprimaient des Baba Yaga sur les herbiers ondulants et sur les roches. Et cet animal fabuleux avait été sorti plus mort que vif des restes broyés d'une auto qu'il conduisait sans permis autrefois. Cet ange de mer était celui du voilier chéri des dieux qui venait de gagner la Route du Rhum à travers l'océan quelques mois plus tôt. Cet ange au moral d'acier traversait la vie comme on traverse la mer et chaque instant qui vaille : au risque de se perdre, bien conscient que la liberté d'agir, pour les vivants, est un luxe qui peut coûter cher à ses obligés. À quoi pensait-elle en détachant les oursins du fond dans un geste naturel et soigneux ? Je parie qu'elle ne pensait à rien. À ne pas se piquer (une pensée instinctive, comme en ont les oursins et les fleurs). Elle vivait l'instant, vivait la mer, vivait chaque battement de son cœur, n'ayant jamais voulu autre chose que cet accord primordial entre sa peau et le temps qui passe, entre sa peau et le voilier. Elle remontait fumer quelques taffes, buvait du rosé sans nous prêter attention, et rejoignait la mer, les éponges oubliées. (Cet ange avait entendu les toubibs lui dire après l'accident : « Plus jamais la tête dans l'eau. »)

Ah, cet échange lapidaire entre Pierre et moi dans le cockpit, le seul dont je me souvienne, et peut-être le seul que nous ayons eu à Gargalu.

— Vous vous connaissez depuis longtemps, Flo et toi ?

— C'est une question que je ne me pose jamais.

On était venu pour manger des oursins et on en a mangé un, deux, trois, allez, trois chacun. Quand je m'y mets, je n'arrête plus, avait dit Pierre. J'avais dit la même chose, en plus insistant, certain de le battre aux oursins comme au rosé, et d'ailleurs à tout ce qui peut mettre les mâles en émulation directe. Mais Flo et les douaniers inexistants régalaient deux ingrats terrassés par la nuit blanche ; des insomniaques chevronnés soi-disant. Pierre s'est endormi le premier, les ciseaux dans les doigts. Ayant perdu mon ciseleur d'oursins, j'ai piqué du nez à mon tour. Je me rappelle une chose : les bruits réguliers du voilier au mouillage, insurmontables narcotiques[1]. Autant la drisse dans le mât est une tueuse de sommeil, au premier roulis, autant le *gling* de la chaîne et le *glou* de l'eau babillant sous la voûte par calme plat vous fait voir des forêts psychédéliques, avec des langoustes aillées et des strings fluos perchés dans les arbres aux rondeurs ambiguës. Mais attention d'al-

1. On devrait en faire un CD pour les parapharmacies.

lier veille et sommeil, sur un voilier, sauf à vouloir grimper aux arbres et à se réveiller mordant la pleine mer à belles dents, ce qui signifie mordre la mort, attention.

J'ai pensé voir des yeux, lorsque j'ai rouvert les miens, des yeux rouges, des yeux blancs, des yeux partout. Je n'ai même pas remarqué la nuit noire où ses yeux dégringolaient par milliers. Flo fumait un joint à la barre du voilier, auréolée d'un firmament parfumé au bonbon Ricola. Pierre dormait toujours et le Volvo Penta chantonnait sa mélopée. Aucune lueur de cadran, aucun sourire n'éclairait l'ombre du visage de Flo immobile et muette. Elle avait mis le moteur, hissé l'ancre, elle ramenait au port ces deux hâbleurs d'épicuriens, ces deux bouffeurs d'oursins qui s'étaient laissé alpaguer par Morphée. Et ce qui me chagrinait le plus, dans tout ça, c'est qu'elle avait emprunté la passe à terre de Gargalu, la bougresse, dans le noir, et sans même brancher le sondeur. Sans me demander mon avis.

Quelque vingt ans plus tard, revoyant Flo sur le *Pont-Aven*, j'aurais mal au cœur au souvenir des îles de Beauté où je l'avais vue embellir du soir au lendemain, en août 199…, et devenir la beauté même, elle aussi, par la grâce de la mer qu'elle aimait comme la vie. Et je m'en voudrais alors de comparer machinalement la Flo solaire qui m'était apparue sur l'échelle de bain du 456 et cette virago qui voulait siffler du pinard avec moi, et dégringoler plus loin que loin dans sa quête effrénée d'absolu sordide. Est-ce qu'on va dire à la femme qu'on admire : Tu te souviens comme tu étais belle ? N'est-ce pas l'insulter ? Lui mettre sous les yeux un miroir de laideur où elle ne sait que trop ce dont elle a l'air et pour quelles raisons indicibles elle est tombée si bas ? Mais peut-être peut-on lui dire. Et peut-être vous en saurait-elle gré, surtout Flo, la redoutable amazone du franc-parler qui tue. Eh bien je ne l'ai pas fait. Et la regardant j'étais gêné comme si je regardais une âme nue qui ne voulait se montrer à personne. Comme si je voyais les cicatrices à vif d'un accident dont elle s'imaginait délivrée par la mer et les top chrono au millième qu'elle mettait pour la traverser à la voile, et traverser l'oubli. Comme si je la prenais en flagrant délit d'échec, de perdition, d'abandon, de nullité. Ça fait beaucoup : c'était là, nulle part, dans ses yeux dont j'étais sûr qu'ils m'en voulaient, m'accusaient. De quoi ? De folâtrer dans mes souvenirs en cachette, et de revoir en douce, en voyeur, la belle inconnue que j'avais passé une bonne partie de la nuit à baratiner et à dragouiller au retour de Gargalu.

Moi. — T'es d'où, en Bretagne ?

Flo. — Grenoble.

Moi. — Très Sud, alors, très très Sud, je vois.

Flo. — Grenoble, c'est ma famille, enfin mon père, un montagnard. Moi je suis de Paris. Mais j'adore la montagne.

Moi. — Tu skies ?

Flo. — Un peu… Le hors-piste j'adore.

Moi. — T'as parlé des Tas de Pois, tout à l'heure. Je me suis dit que tu étais bretonne.

Flo. — Pas vraiment.

Moi. — T'as l'air de t'y connaître, en voile ?

Flo. — Tu es sérieux ?

Moi. — Ouais, franchement, tu t'y connais… Moi aussi j'aime bien le ski, mais je n'adore pas. T'es « plus ski » ou « plus voile » ?

Flo. — C'est important ?… « Plus voile » on va dire. Mais je suis fan de ski. C'est mon truc, la glisse… C'est vrai, je glisse bien (en riant).

Moi. — Moi c'est « plus voile », beaucoup plus. C'était mon premier boulot. Le charter aux Antilles. Ensuite j'ai arrêté… J'avais un autre bateau avant le 456, un Galapagos 50… La Corse ? Tu connaissais ?

Flo. — Oui, depuis toute petite. On est un peu de Marseille aussi, chez nous. Des Méditerranéens par maman, une pied-noir d'Alger.

Moi. — D'accord.

Flo. — La Corse, on y allait tout le temps avec mes parents… Je veux dire, l'été.

Moi. — Camping ?

Flo. — À roulettes ? Ouais, une fois… Mais plutôt camping de voileux. Mon père avait un petit voilier sympa, un dix mètres. C'était grand, pour l'époque, un bateau génial. Je suis allée le chercher en Italie avec lui. On l'a toujours d'ailleurs, enfin c'est moi qui l'ai, maintenant.

Moi. — Moi aussi, la Corse, j'y viens souvent… On s'entend bien avec les Corses, en Bretagne… J'ai un pote voileux, à Calvi, une bête de la course au large, il a tout gagné. Il te fait passer un voilier comme le mien là où ça ne passe pas, en théorie. Lui aussi, il vient d'Algérie, comme ta mère. Lui aussi, il connaît les Tas de Pois. C'est un bourlingueur, tu me diras, il dirige une école de mer à Calvi. Il a formé des guides de haute mer, des cadors style Jean-Claude Parisis, un fou furieux de la voile, celui-là ! Mon pote, je veux dire celui de Calvi, il a roulé sa bosse autour du monde avec un *Pen Duick* de Tabarly, le *III*, il n'a jamais cessé de la rouler. C'est lui, le premier, qui m'a fait manger des oursins à Gargalu. Et c'est lui qui m'a montré la passe où ça ne passe pas, sauf quand tu connais le fond caillou par caillou et que tu es en télépathie avec les cailloux sous la quille du bateau. Avec lui, ça passe, on va dire, douze fois sur treize… D'accord il y a la treizième. Il n'y a que les voileux bretons, normalement, qui savent naviguer en écoutant ricaner les vilains cailloux planqués sous la mer, et pas celle des *Instructions nautiques*, pitié !… C'est d'un chiant les *Instructions nautiques*. On voit tout de suite que c'est pour les gros culs de la marchande, pas pour nous les voileux. Il n'y a que le pognon, qui les intéresse, les *Instructions*, le prix des navires, de la cargaison, la mauvaise foi des compagnies d'assurance.

Flo. — C'est Marc Linski, ton pote de Calvi.

Moi. — Tu connais Marco ?

Flo. — Parisis aussi. Tu le connais, toi ?

Moi. — Je crois, oui. Je ne l'ai jamais vu.

Flo. — Tu t'en souviendrais…

Moi. — Pourquoi ?

Flo. — T'aurais peut-être deux dents en moins.

Moi. — C'est un violent ?

Flo. — Tout de suite, les grands mots !

Moi. — J'y tiens, à mes dents, c'est tout.

Flo. — Le vrai nounours à poils durs… Ça part vite avec lui, les bourre-pifs, mais bon. Marc est un ami d'enfance. On dîne chez eux demain soir, avec

Pierrot. Pas impossible qu'on retourne aux oursins, d'ailleurs. Si ça te dit…

Ce verbatim dans un jardin d'étoiles corses est un faux en écriture. Je tiens à le préciser pour ceux qui prêteraient à mes souvenirs des pouvoirs dignes d'un logiciel. Pour autant mes souvenirs ne rougissent pas en lisant cet échange au clair de lune entre Florence et moi, le 16 août 199…, et les plus teigneux ont l'air d'approuver. Non, les mots ne viennent pas d'eux, mais l'atmosphère et l'esprit, la teneur des propos, à quelques détails près, ne mentent en rien sur la vérité du moment qu'ils ont conservé. J'y reconnais Flo avec sa voix rieuse, avec sa gentillesse et sa modestie dévorée d'ambition, d'orgueil naïf, et moi pas du tout, un étranger flambard, comme si je refusais d'être moi, devant elle, juste moi. Il s'est dit des choses similaires, ce soir-là, à peu de chose près celles que vous avez lues, mais sous les alluvions du temps perdu elles ont changé. L'aurais-je écrit, ce probable verbatim, si Flo n'avait pas disparu au ciel entre-temps ? Si Marc Linski n'avait pas disparu en mer ? Si je n'avais pas promis à Flo, quand j'aurais du temps à moi, de traverser des pages où je me souviendrais d'elle comme je l'entendrais ? J'ai failli l'entendre ainsi, au début. « Tu crois en Dieu, Flo ? — Pas toi ? — Toi d'abord. — J'y crois, mais quand j'y pense trop je me demande s'il y a un avenir pour lui. » L'aurais-je écrit si le temps ne s'était pas détaché de l'avenir comme une feuille usée d'un arbre d'automne ? À quand les premières hirondelles de la suite ? Le printemps nouveau ?

Le 456 a repris sa place à couple du voilier joufflu. Rien d'étonnant jusque-là. Nuit noire, luminaires des catway, silence. On chuchotait sur le quai. Pourquoi pas ? Brusquement l'obscurité s'est déchirée, et j'ai cru voir me sauter aux yeux le pont du sloop avec tous les détails en même temps. Bonsoir, a dit la voix métallique d'un homme invisible derrière un mur de lumière. On peut vous embêter un instant ?

« On », c'est France 3. « Vous », c'est « nous » : un « nous » sans moi, un « nous » visant exclusivement mes deux passagers – s'ils voulaient bien dire quelques mots en situation pour leur *Matinale* d'aujourd'hui. « Moi », le matelot, celui auquel on donne éventuellement la pièce en lui serrant la main. « Moi », ça dérange le cadreur de France 3, si « Moi » pouvait sortir du cadre.

Je suis descendu me coucher, passablement écœuré. Josy avait sans doute raison pour le grand coiffeur incognito. On leur envoie des caméras surprises, à ces gens-là, sur le voilier des autres, à des heures indues. Ce sont eux les nouveaux héros d'un public désorienté. Pas mal, sa copine, vraiment pas mal sans les nattes. À poil. Et même pas les marques du maillot.

Au lever du soleil, le supplément dominical de *Corse Matin* appellerait un CHAT un CHAT en première page, et j'éclaterais de rire au *Café Napoléon*, vers midi, tout seul devant mon « perroquet », en lisant les gros titres par-dessus l'épaule d'un touriste allemand à queue-de-cheval :

FLORENCE ARTHAUD
ET PIERRE BACHELET EN ESCALE
À AJACCIO

8

L'Héroïne de sa propre Vie

La fille aux nattes, la fille aux clopes, la fille aux oursins, la fille aux sourires en coin, la petite bombasse qui la jouait planquée dans ses lunettes noires et son tee-shirt délavé trop grand (le tee-shirt du « coiffeur »), l'espèce de bas-bleu qui ne perdait pas une occasion (d'une voix bébête genre « excusez-moi »), d'avoir raison quand vous disiez un truc sur la mer ou sur les marins, la nana qui se prenait pour le skipper du 456, au premier coup de mou du skipper, et qui n'arrêtait pas de connaître vos amis mieux que vous, les Tas de Pois mieux que vous, les cailloux mieux que vous, tout mieux que vous, eh bien cette péronnelle pour camionneurs sur la jante était la « Flo » dont j'étais sans doute le seul pékin au monde, voileux ou non, à ne pas savoir qu'elle était « Flo », tout simplement, et que le « Pierre » de sa vie, son grand amour océanique – rien à voir avec Bachelet – était un *Pierre Ier* qui fendait la mer et les flots de ses trois étraves sœurs, déboulant à vingt nœuds, vingt-cinq nœuds, vers la timbale en or ultramarine, en octobre 1990. La Course du Rhum, c'était lui, c'était

Flo : la gonzesse à papa, la chieuse adorée du circuit. Et maintenant que *Corse Matin* m'a ouvert les yeux, je peux vous le dire : je m'en doutais. Pas qu'elle était « Flo Ire », ça non, mais qu'elle cachait bien son jeu, la petite futée. Et que j'allais en prendre plein les carreaux à un moment ou à un autre, c'était chose faite.

Toujours par les yeux des mots, regardons un peu sa feuille d'état civil – on s'y perd vite, une bouteille à l'encre. Il ne faut pas compter sur Flo pour nous aider. Elle a l'air de parler beaucoup, la transparence même. Elle parle à ses amis, elle parle aux admirateurs, elle se lâche dans les micros, dans les journaux, elle répond volontiers aux questions indiscrètes sur la mer et la femme de mer qu'elle est parmi les hommes de mer qui la jalousent et la bichonnent en même temps, sur son enfance et sur sa famille dont elle aime tendrement chaque membre, avec un penchant pour son frère aîné, Jean-Marie, elle peut se confier à des inconnus qui s'en vanteront, mais au bout du compte elle est muette, et l'on n'est guère plus avancé après l'avoir écoutée. Elle ne tient pas sa langue, mais c'est une langue de bois.

Florence est née le 28 octobre 1957 à Paris, elle est bien née. XVIe arrondissement ouest – le village de Passy –, hôtel particulier rue de la Tour avec jardin, avec arbres « tutélaires », avec les quatre saisons en liberté sous les hautes fenêtres à persiennes – on prend ses repas dehors aux premiers martinets, petit déjeuner compris. On a de la chance, on le sait, on rend grâce à Dieu, à la vie. La Nature est un idéal souverain, pour la famille Arthaud, proche de la foi. Une quête écologique et sportive, humaniste, en vouant un culte aux aventuriers de l'extrême. La Montagne, la Mer, le Désert, la Nuit, l'Inconnu, Florence est élevée dans ce bruissement-là. C'est moi son premier océan, dira plus tard Anne-Marie, sa maman. C'est dans mon ventre qu'elle a tiré ses premiers bords. J'étais mère et bateau, pour ma fille. Mère et Mer. Flo a de qui tenir, en effet, sa mère ayant défrayé la chronique d'Alger la Blanche, en sa jeunesse, quand elle raflait tous les trophées de voile et de ski nautique. Jacques, son père, montagnard par les gènes, regarde la mer avec des yeux d'enfant, et il se verrait bien la traverser un jour. Détail intéressant : il considère l'argent comme un outil. Celui-ci peut servir à tous les achats utiles – raison ou rêve. Marié, père, il va faire construire un beau bateau pour lui et pour les siens, un voilier. Sait-on jamais avec les voiliers quand ils partent et jusqu'où ils peuvent aller, ne pas en revenir.

Ils sont trois enfants chez les Arthaud. Jean-Marie, Florence, Hubert. Va pour Hubert et Jean-Marie – mais Florence ! Il descend du grenier, ce prénom, en 1957. Heureusement qu'il y a « Flo » dans Florence, la mer, comme une promesse à tenir, et que Flo elle deviendra. Et sachant que Flo va gagner la mer qu'elle va gagner, perdre la mer qu'elle va gagner, perdre son rêve intact en perdant la vie, on peut aborder son histoire avec l'impression d'en être l'auteur, et de savoir quelles clés ouvrent quelles portes dans sa vie, quelles chimères l'ont esquintée, quels accidents l'ont dessillée, et par où la fillette s'est hasardée, à toutes fins pratiques, en bonne Alice curieuse de tout pour ne pas décevoir son destin, quitte à peiner les autres – les trahir par amour, et ce faisant devenir « l'héroïne de sa propre vie » – le nom adéquat d'un chapitre 7 initialement baptisé « De l'Enfance à la mer », ce qui ne revient pas tout à fait au même, je crois.

De Flo, il est sûr qu'elle eut une enfance dorée sur tous les plans. La nature, déjà, ne s'est pas fichue d'elle. Sur les albums de famille on peut voir un amour de gamine à six mois comme à six ans (elle a les dents du bonheur). Une petite fadette à croquer, voilà ce qu'elle est pour les siens. On la bisouille, on la taquine, on s'attendrit, on lui passe tout. Pas plus facile à vivre que ce *carpe diem* sur pattes. Elle a bien son petit caractère de cochon, de temps en temps, oui, ses colères de fille à papa qui tape du pied, mais Jean-Marie lui arrondit les angles et qu'est-ce que le rire ne désarme pas chez elle ! Ils se comprennent à demi-mot, ces deux-là, ils pourraient être du même œuf. En vérité Florence a le cœur sur la main, une larme pour toutes les souffrances du quartier, clochard ou oiseau. Un rien la désole, un rien la met en joie. Ce n'est pas rien, le rien des Arthaud. Flo a sa chambre, elle a sa maison à Paris : elle a sa maison à la campagne, à la neige, à la mer (Méditerranée), et puisqu'elle sait nager, qu'elle travaille bien à l'école, en tout cas pas trop mal pour une princesse de la vie, on lui offre un bateau, un dériveur, le plus initiatique des loisirs. C'est Jean-Marie, le capitaine du *Zoubida*, nom qu'il a fabriqué tout seul (il fabrique des mots, des voiliers, des rêves), mais c'est Flo sa marraine, son grillon. Il est d'une agilité diabolique, ce 445, une flèche de mer conçue pour la régate de la plage.

Vous avez dit « régate », ça va régater, patience, et ça va gagner !

Il ne se refuse rien, le « rien » des Arthaud, comme vous constatez. Outre les maisons, qui sont tout sauf des masures, il comprend aussi deux bateaux, l'*Argade* et le *Zoubida*, qui sont tout sauf des barcasses, et il y en aura d'autres.

C'est mignon tout plein, *Zoubida*, c'est câlin. C'est vernaculaire ? Un acronyme, sans doute, un mot de passe. Le résultat d'un astucieux compromis littéraire et familial dont je n'ai pas la clé. L'*Argade*, lui, c'est le nom d'un vent d'ouest marseillais.

Ce « rien » fortuné des Arthaud remonte aux années pionnières (fin XIXe), quand M. Jules Rey, le grand-père maternel de Jacques – le père de Flo –, ouvrit une librairie à Grenoble, sa ville natale. À la naissance de Jacques, la librairie, qui s'appelle Arthaud depuis 1930, fait un tabac dans l'édition régionale. Une réussite imprévue. Il y a des photos couleur dans les ouvrages, comme dans les revues, les amateurs ont l'air d'apprécier. On publie des montagnards, des as de la paroi et du pic – Frison-Roche ou Maurice Herzog qui passait en 1947 pour le vainqueur de l'Annapurna. Un tel succès populaire, la maison Arthaud, une telle demande qu'on vient discrètement s'installer à Paris, fidèle à l'objectif éditorial du grand-père Jules ainsi défini : un homme et la nature extrême, royaume inhumain. Tiens, la mer est absente du catalogue, ça fait beaucoup. Jacques Arthaud – visionnaire, marin, grand rêveur sachant compter – apprécie chez les voileux leur âme d'enfant – un enfant qui choisit son rêve, coûte que coûte, qui choisit pour avenir la mer et l'horizon où l'on n'arrive jamais. Jacques Arthaud choisit de publier les gens de mer, il y va même un peu de sa poche, de temps en temps, pour les voiliers en souffrance, les budgets mal ficelés. C'est ainsi qu'il crée la collection « Mers », un trait de génie. Il aurait aussi bien pu créer la collection « Rêves » avec les mêmes auteurs, le même succès.

À l'âge de six ans, par un beau soir d'hiver, Mlle Arthaud passe à table avec un invité d'honneur qu'elle voit pour la première fois. Il a les yeux bleus, il ne répond pas aux questions, il se tient droit.

On aime recevoir, rue de la Tour, bien recevoir. Candélabres, clochette de service, soubrettes à coiffes brodées, bons vins de France, gastronomie bourgeoise, rien n'est trop beau pour les hôtes qui sont le plus souvent des marins ou des risque-tout inspirés comme les apprécie Jacques Arthaud. Et bienvenus dans le cercle familial, à la bonne franquette – une franquette ayant pignon sur rue –, ils ont moins peur de raconter les idéaux atypiques auxquels ils ont dévoué leurs forces, et leur avenir, et qui ne sont pas donnés, l'aventure aime l'argent.

Cet invité-là, cet homme aux yeux bleus, est en jean et jersey de mer, chaussé de mocassins usagés, et sans doute pieds nus dans ses mocassins. À six ans, Flo regarde, écoute, mais s'il lui reste des images en souvenir, elle ne se rappelle aucun des mots prononcés au cours du dîner. Le ton de la voix, si, l'a marquée, une petite voix douce comme elle peut l'avoir elle aussi quand elle ne connaît pas les gens. La neige, la mer, les îles, les différents points du globe estimés déserts – le désert, la mappemonde aussi vierge qu'à l'origine, au pôle Sud, de quoi parle-t-on d'autre, chez elle, avec les invités ? Et quel peut bien être le sens général de la vie, mon cher, éditeur ou graine d'aventurier, sinon partir là-bas dans son rêve, toutes affaires cessantes, la voie sans limites du tout ou rien, sans retour programmé, comptez sur nous…

Quand revient deux ans plus tard dîner l'invité peu causant, c'est au bleu des yeux que Flo le reconnaît aussitôt, et peut-être à la voix douce, égale. Il est toujours en jersey de mer, jean, mocassins. On dirait qu'un voilier l'attend dans le jardin. Il est beau, il se tient toujours aussi droit, et lorsqu'il se tourne vers elle, à la lueur des bougies, le reflet des couverts d'argent fait briller ses yeux.

« — Je répète ma question : Combien sont arrivés ?

« — *You are the first*, me dit l'homme au bloc-notes.

« — D'où venez-vous ?

« — Comment ça ?… Je viens de Plymouth.

« — Où allez-vous ?

« — Newport.

« — Êtes-vous seul à bord ?

« — Oui, seul.

Cet échange en pleine mer a fait le tour du monde, après le 19 juin 1964, mais Flo l'entend chez elle, à table, de la bouche même de l'invité aux yeux bleus qui raconte à ses parents, et à elle aussi, sa première traversée de l'Atlantique à la voile, et son premier contact avec les terriens après vingt-sept jours de vents et de tempêtes. Elle n'est pas ordinaire, cette traversée de l'Atlantique – un océan l'est-il jamais ? Elle porte le nom d'Ostar, une course à la voile en solitaire organisée par les Anglais pour la seconde fois. Le vainqueur de la première édition est un Anglais invincible pour les Anglais, et pour les gens de mer, le fameux Sir Francis Chichester. L'invité aux yeux bleus vient de vaincre Chichester à la loyale. Il s'en souvient avec bonhomie, respect. C'est ainsi que Mlle Arthaud, sept ans, va parler au phénoménal Éric Tabarly qu'elle connaissait déjà par « les yeux ».

Ne faisons pas dépendre du bleu des yeux d'Éric Tabarly la vocation à naître de Florence Arthaud pour la mer. Elle n'oubliera jamais ses deux premiers dîners en face de lui dans la maison familiale, rue de la Tour, à la bougie, et son admiration pour l'homme et pour le marin ira grandissant. Elle n'oubliera jamais ce que fut son enfance, dorée ou pas, en contact régulier avec ces marins étonnants que son père invitait chez lui pour les écouter, les aider, et peut-être les publier : Marc Linski (qui logea chez eux le temps de finir son bouquin), Gérard Janichon, Alain Colas, Bernard Moitessier, marin lumineux pour qui la mer était… la mer et au-delà. Pour qui la mer n'avait besoin d'aucun Golden Globe, en 1969, quand il refusa la victoire autour du monde par les trois caps, pied de nez à la civilisation confite en médiocrité. Pour qui la mer était l'absolu de chaque jour, chaque minute, entre les mains nues d'un homme de bonne volonté, riche de l'horizon et du vent.

De tous ces cœurs purs, Jacques Arthaud n'est pas le moins secret, Flo lui ressemble à l'âge qu'elle a. Il partirait bien à l'aventure, lui aussi, à la mer, au sommet des monts. Il part chaque fois que l'un de ces grimpeurs arrive là-haut, se bat avec la glace et la nuit contre la paroi. Chaque fois que l'océan referme sur le voilier une main qu'il ne rouvre pas toujours. Il part dans ces livres qui partent et reviennent en disant qu'ils ont vu la mer de près, ô cerveaux enfantins, vu l'azur à même le ciel. Il est l'enfant résigné de tous ses rêves destinés à n'aller nulle part, ou pas très loin ni très haut, et jamais vraiment là-bas, tout là-bas. Il possède une maison d'édition, héritage de ses aînés, une maison foyer des aventuriers – navire amiral de pierre, un roc. Il possède l'argent, la clé de l'horizon où l'argent coule à pic. Il possède les valeurs d'esprit qui sauvent l'argent du désespoir de la mort. Anne-Marie, son épouse, les possède également : ils sont mariés autour de cette vision partagée des choses. Quelle vision ? La terre humaine, la vie. Jeune homme, il a vécu l'heure allemande, Anne-Marie l'heure française en Algérie – deux futurs qu'ils ont vus mordre la poussière, dans la fureur et le bruit. S'il est un horizon volatil, c'est bien l'avenir que nul n'est en mesure d'injurier. Le futur est luxe, le présent nécessité absolue, le bonheur devoir épicurien, comme la morale – et d'ailleurs morale à part entière. Mi-cigale mi-fourmi, Jacques Arthaud veut pour ses enfants une éducation permissive et classique, fondée sur l'espoir chrétien. On leur enseigne la volonté, mais aussi la liberté de choisir un idéal bien à soi, et leur jeunesse on fait tout pour qu'elle soit un âge de bonheur, – un souvenir doré, pas vrai les enfants ? Pas vrai, Flo ?

C'est un peu différent, pour elle. « Elle », justement, une fille. Libre dans les limites de cette féminité qui met les époques à feu et à sang. Libre, mais surveillée, guidée, questionnée. Libre, mais pas comme les garçons – comme Hubert et Jean-Marie qui peuvent sortir et rentrer tard, s'habiller à leur guise et s'intéresser aux filles. C'est bien, c'est très bien, eh eh ! Ce n'est pas bien du tout quand Flo demande à sortir et qu'elle rentre tard, en retard : de l'institut La Tour, par exemple, où elle va en classe, une école religieuse où le mot « Liberté » fait sourire mère Marie Saint Yves, un sourire jaune. Or avec Flo, sa fille chérie, Jacques Arthaud vient d'engendrer ce qu'il admire tant chez le conquérant des horizons inviolés : quelqu'un qui n'a peur de rien pour atteindre son rêve, pour vivre son âme et sa peau comme il l'entend, et sûrement pas d'affronter le regard de son père, l'homme de sa vie. Et bientôt son adorable petite fadette aux dents écartées va l'en faire baver à le rendre fou, quand bien même elle accomplira sur la mer l'impossible dépassement individuel qu'il se fait un honneur de publier dans la collection « Rêves », à la gloire de l'espoir humain.

C'est au bout de la rue, l'institut La Tour. Des bonnes sœurs. Une scolarité d'un seul trait de la maternelle à la vie civile. À l'institut, outre les matières officiellement programmées, on apprend la couture, la cuisine, le rangement, les bonnes manières. Après les cours, Flo n'a pas fini sa journée. Sortie de l'institut, elle a danse, elle a natation, tennis, escrime, cheval et foot avec les copains quand elle désobéit. « Flo a toujours été bonne élève », dit Anne-Marie. Un peu pied-noir sur les bords, la maman. Les yeux du cœur, d'abord. Flo n'en fiche pas lourd à l'institut. Elle apprend vite, c'est vrai, mais elle est dissipée, et l'adolescence n'arrange rien. Populaire, meneuse, insolente, ricanante, elle est tout ça. Dehors, exige le conseil de classe, du balai, la brebis galeuse, sauvée par Jacques Arthaud lui-même venu plaider sa cause à l'institut. Sauvée par mère Marie Saint Yves, la supérieure, qui trouve au père un charme fou. « Florence ? Un charme fou, dit la sœur, elle ira loin, elle nous étonnera. »

Étonnés, Jacques et Anne-Marie ont de quoi l'être, par leur cadette. Charmante, oui, mais en diable : infernale. De plus en plus fille, de plus en plus garçon manqué. Toujours fourrée avec on ne sait trop qui, et comme elle dit : « Ça ne vous regarde pas. » Elle se bat au sang, elle fait le mur, elle ment. On lui serre la vis : elle se braque, hurle à l'injustice, et Jean-Marie hurle avec sa sœur. Mais comment lui en vouloir, à Flo ? Elle adore la vie, ce qui n'a rien d'un péché. Elle ne supporte pas de voir ses parents malheureux à cause d'elle, et d'ailleurs personne, elle remet les mouches en liberté. Ce qu'elle deviendra plus tard ? Pourquoi faut-il que cette question vienne régulièrement gâcher la belle vie qu'ils ont chez eux ? Peut-être bien qu'elle sera éditeur. Ou peut-être bien clocharde. Ou peut-être bien bonne sœur ? Qu'est-ce qu'on en sait ? Ah non, pas bonne sœur. Faudrait leur dire, aux bonnes sœurs, qu'elles n'ont pas tout compris.

L'été, les Arthaud vont à la mer. La Méditerranée, Sainte-Maxime, la Riviera française, le mieux du mieux pour des estivants assoiffés de soleil et de baignades sans vent, aussi chaudes qu'à la ville. Elle est grande, la maison du Sud. Elle peut héberger oncles et tantes, cousins et cousines avec leurs amis. Elle a les pieds dans l'eau. Elle regarde l'horizon tendu comme un arc entre la France et l'Algérie. Elle appartient au grand-père de Flo qui ne se lasse pas de l'écouter raconter l'époque où il vivait là-bas, comme s'il était originaire d'un rêve hors du temps ou d'une légende que sa petite-fille s'ingénie à revivre avec lui, elle c'est déjà la vie.

On est heureux, l'été, sur la côte, en famille. On s'abandonne à la douceur de vivre – la pétanque, l'apéro, la mer et la voile, les grandes tablées euphoriques au crépuscule, en pourchassant les moustiques autour des photophores, la belle vie qui pourrait durer toujours, comme sur les photos. On est heureux, oui, « chut », le mot bonheur attire le mauvais œil.

De la maison, sous les pins parasols, on voit l'embarcadère où le *Zoubida* vient s'accoster dans la journée, on voit l'*Argade* au mouillage. Il y a aussi un canot à moteur verni pour le ski nautique dans la baie encalminée, le matin. Mais plus tard, la voile, les émotions du vent, après midi lorsque le vent daignera souffler, tu viens Flo ? Regardez comme ils sont contents, le frère et la sœur, comme ils sont beaux sur leur *Zoubida*.

Le dimanche, c'est régate dans les environs, à Saint-Tropez, Cavalaire ou le Rayol-Canadel. Le 445 est sanglé sur la remorque, et l'on y va en bande, à quatre ou cinq voitures. Est-ce qu'ils auraient aucune chance de damer le pion aux 505, aux 470, ces deux-là, sans la claque de la tribu Arthaud, leur fan-club ?

C'est qu'ils gagnent, en plus, ils sont la bête noire des équipages du coin. Ils y vont comme aux Jeux olympiques, aux régates, affûtés comme des carreaux de chocolat, et ils raflent la mise chaque fois. Affûtés ils le sont tous, les régatiers du dimanche, et tous d'humeur olympique, la même rage de gagner, de choper la risée avant ces deux Parisiens qui trouvent de l'air à volonté, même par calme plat.

Pourquoi gagnent-ils, d'ailleurs ? Pourquoi est-ce eux qui la chopent les premiers, la bonne risée ? Qu'est-ce qu'ils ont que les autres n'ont pas, quand le vent roupille et que la course flapie mijote autour des bouées ? Les voilà qui s'envolent, ils sont bien les seuls, cap sur l'arrivée, la gamine au rappel ! Non mais c'est pas vrai !

Les régatiers soupçonneux viennent les questionner au verre de l'amitié, le soir, à la remise des prix.

— Comment vous faites, sans blague ?

— Faut demander à Flo.

— Alors, Flo ?

Qu'est-ce qu'elle en sait, Flo ? Elle se fait rouspéter à chaque virement, elle n'est jamais assise où il faut, comme il faut. Le barreur, le chef, c'est son frère.

— Je vais vous le dire, mais c'est top secret, dit Jean-Marie, faut que ça reste entre nous. J'ai mon « petit moteur ».

— Vous avez un moteur ? C'est ça ? Vous trichez ? Et vous croyez qu'on va garder ça pour nous ?

— C'est moi qu'il appelle comme ça, dit Flo. Pour faire avancer le bateau. Et quand ça n'avance pas, il me traite de « vieux saumon ».

« Vas-y, "petit moteur" », elle n'entend que ça. « Tu vas rentrer à la nage, "vieux saumon". Et en plus tu vas tirer le bateau. »

— Et comment tu fais pour le faire avancer ? Tu souffles dans les voiles ?

— Pas moi, les risées. J'ai un truc avec les risées, je ne sais pas l'expliquer.

— C'est quoi, ton truc ?

— C'est secret.

— « Petit moteur » voit les risées, dit Jean-Marie. « Petit moteur » a un don. Elle tient ça de ma mère, elle est magique. Elle n'a qu'à plisser les yeux pour les voir en haut du mât.

— Et quand il n'y en a pas ?

— Il y en a toujours, la preuve. « Petit moteur » est une charmeuse de risées.

— N'importe quoi !

— N'empêche qu'on a gagné, tchin-tchin !

« On naît régatier, on devient loup de mer », écrivit Jean-Marie.

N'empêche qu'elle a un truc, un don, ça l'amuse. Elle voit les risées sans les voir, comme les créatures des rideaux. Elle voit les créatures du vent. Tantôt un oiseau, tantôt un ange, tantôt quelqu'un qui la regarde et quand elle va dire qui c'est il y a trop de vent pour s'en souvenir. Elle voit comme on joue du piano, comme on dessine une main sur le trottoir, comme on fait chanter les mots des légendes et le tralala d'un rêve qu'on vivra plus tard, et qui finira dans les pleurs. Oh comme il bat, le cœur, dans la nuit, tout seul, et personne ne vient.

Au mois d'août, la famille embarquait sur l'*Argade*, un bateau fin prêt à partir, Jacques Arthaud n'étant pas skipper a privé son moteur des soins dont il avait besoin pour tourner comme une horloge, au large, et démarrer au quart de tour à l'entrée du port. La « famille », le plus souvent, c'est un équipage réduit à Jacques, Florence et Jean-Marie. En disant « balades en Méditerranée », on restreindrait les périples de l'*Argade*, l'été, aux ronds dans l'eau d'un voilier bon marcheur qui fait mumuse avec les éléments. Si la Méditerranée n'était qu'une aimable baignoire au soleil, avec un mitigeur pour l'eau, un mitigeur pour le vent, aucune raison pour que Marc Linski, l'ami des Arthaud, le marin célébrissime de Calvi, y ait disparu comme une illusion un soir de vent fort, intenable, arraché du cockpit de son voilier par une lame, dûment attaché pourtant. Et tant d'autres ont connu le même sort, grands marins, petits inconscients, dans la baignoire d'Ulysse et des dieux.

Où va l'*Argade* au mois d'août ? Aux îles, déjà. Les voiliers sont amoureux des îles, ces rêves entourés d'eau bleue. Les voiliers sont des îles, les voileux des îles, et la mer un ventre où les archipels et les îles n'ont que faire du temps qui passe à la côte.

9

Acte manqué

Pour n'importe quel observateur, la Flo qu'il voit se démener sur l'*Argade*, au mois d'août, est déjà la Flo que l'on verra filmée debout sur le flotteur tribord de *Pierre Ier*, en 1990, lors de son arrivée triomphale à Pointe-à-Pitre. Elle est pleinement heureuse et détendue sur le voilier paternel. Régatière avec Jean-Marie sur le *Zoubida*, elle est moussaillon sur l'*Argade* avec son père. Et n'importe quel observateur devinerait en la voyant qu'elle n'aura plus jamais les pieds sur terre, après ces longs mois d'août sur la mer Méditerranée, et que l'horizon marin a déjà pris possession du cœur de cet enfant qui court pieds nus sur le quai en riant : Tes tongs, Flo ! Tes tongs ! Au moins tes tongs !

Mais que se passe-t-il, avec Flo ? La petite se plaît en mer, c'est charmant. La petite grandit et elle se plaît toujours en mer, de plus en plus, et c'est toujours aussi charmant. Rue de la Tour elle craint les fantômes. On lui dit « hou ! » dans le noir, en tapant du pied, elle fait des bonds. En mer elle n'a peur de rien, elle passe un temps fou à regarder les étoiles, à demander leurs noms, sauf qu'ils sont nombreux. Quand ça souffle, on dirait qu'elle aime ça, les coups de vent, l'orage. Elle s'active, à bord, c'est elle qui love les bouts ou qui tient la barre de jour comme de nuit. Elle veut toujours aider son père à briquer le bateau. Elle s'inquiète de l'eau douce, des batteries, ça pompe, un frigo. À treize ans, cette espèce de minette pourrait être le skipper du voilier. Attention, dans les ports, on lui fait du gringue, et d'ailleurs elle en fait aussi, et il ne lui viendrait pas à l'esprit de se méfier des garçons. Tant qu'on est gentil avec elle, tant qu'on est drôle. Tant qu'on aime la mer et qu'on vit sur un voilier. Et même quand on n'y vit pas, d'ailleurs, comme les sympathiques légionnaires de Calvi, toujours à rigoler, raconter des histoires. Le capitaine son père va la récupérer dans les cafés, il a bien du mal à raisonner son moussaillon de fille, à lui refuser de s'habiller comme ça lui plaît : comme une « allumeuse », Flo – un mot qui la fait bondir. Est-ce qu'il dirait ça de Brigitte Bardot, son idole ? Une femme qui défend la nature et les animaux, une femme de convictions ? Est-ce que B.B. est une allumeuse, papa ? C'est de sa faute à elle, si les hommes ne pensent qu'à ça ?

Jacques Arthaud rassembla son monde autour de la table du carré. On voyait la mer sur la carte qu'il déploya. On voyait la Méditerranée, on voyait la mer Rouge, on voyait l'Atlantique. La zone qu'il entoura s'étalait en travers du continent africain. Le Sahara, dit-il, le plus grand désert au monde, un océan sec. Il nomma l'Algérie, le Maroc, et bien d'autres pays limitrophes. Nous traverserons la bordure sud du Hoggar, le désert algérien, l'un des moins chauds, une lumière de cristal. C'est pour l'an prochain, si bien sûr le cœur vous en dit. Nous verrons et foulerons les fonds marins qui ont vu la mer sept mille ans avant notre ère, je veux dire l'ère humaine, ce n'est pas récent. Le voilier s'appelle chameau, là-bas. Nous aurons besoin d'un véhicule tout-terrain, j'ai ce qu'il faut. Un véhicule increvable, aucun doute, mais n'allez pas imaginer les Arthaud armant un 4 × 4 genre *command-car* de l'extrême aux yeux de monstre antédiluvien. C'est en 4L standard, une occasion garantie, qu'ils partent se recueillir dans l'immensité.

L'immensité du désert et des ciels étoilés du désert, une révélation pour Flo. À treize ans, libre comme elle veut déjà l'être en toute saison, elle vit en communion avec un infini pétrifié qui ressemble secrètement à l'infini marin, dans le Hoggar, sans heures et sans contraintes. Elle s'habille à la manière touareg et son père ne trouve rien à redire à sa nouvelle coquetterie : aux étoffes de lin dont elle se drape, aux nu-pieds qui la chaussent, aux verroteries dont les fillettes, éblouies par ses mèches vermeilles, aiment parer les nattes huilées qu'elles lui font à qui mieux mieux, chaque soir, dans les oasis, en lui susurrant des mots inconnus. Elle se délecte, là-bas, petite princesse des sables, fille à papa-maman née pour le luxe et la vie de château, privilégiée même sous une tente de peau qui sent la bête, couchée à même le sol du Sahara, loin de tout. Et son ange gardien sourit dans l'ombre, lui qui la sait vouée aux impulsions chronométrées d'un voilier qui deviendra son chameau, son méhari autour de la mer et du temps. Lui qui sait le début et la fin.

Rentrée à Paris, elle a bien du mal à retrouver ses habitudes. Elle s'ennuie à l'institut La Tour, et les sœurs qu'elle aime bien l'ennuient. Les principes familiaux l'ennuient, les questions l'ennuient. C'est secret, un adolescent, et c'est renfermé, il n'a pas demandé à venir au monde, alors fichez-moi la paix. Elle a de nouveaux héros dont Che Guevara, le chantre de la liberté sans limites et de l'égalité. On ne s'y attendait pas, rue de la Tour, au Che. Un homme très bien, sûrement, un grand homme, un héros, mais on est surpris. Voilà qui change de Moitessier, de Tabarly et des autres. Décidément, Flo est curieuse de tout. Elle a lu *La Guerre de guérilla*, et alors ? Est-ce qu'elle a vraiment besoin d'avoir son poster au-dessus de son lit ? Un coco ? L'émule de Fidel Castro ? Et de s'habiller en révolutionnaire cubain pour aller chez les sœurs ? De jouer les prolos à treillis mal taillé ? Tu nous fais honte, Flo.

Consignée à la maison, fâchée contre ses parents, elle monte s'enfermer dans sa chambre, elle boude. Elle s'habille cuir, elle s'habille mec, elle s'habille macho. Elle se jette à corps perdu dans la musique. Et pas intérêt à lui dire qu'elle fait du bruit. Elle est de sortie dans sa tête.

« La liberté s'oppose aux murs, écrivit Flo. La liberté c'est quand on est enfermé de vouloir sortir. »

Pénible à treize ans, la tête farcie d'un idéalisme logorrhéique, on ne peut pas dire qu'elle s'arrange à quatorze, à quinze, et qu'elle donne l'impression d'aller vers la mer en suivant sa pente au nom d'un

« je suis libre » typiquement révolutionnaire, slogan inaudible pour des parents classiques. Classiques jusqu'à un certain point, d'ailleurs. La liberté, ils en connaissent un rayon, eux aussi. Une valeur qu'ils ont à cœur de prôner et de transmettre à leurs enfants, pourvu qu'ils n'en fassent pas un hasard de roulette russe, un suicide.

Mais pourquoi Flo voudrait-elle se suicider ? Il n'y a pas une adolescente au monde plus attachée à la vie, plus impatiente de monter à cheval, sur des skis, d'embarquer sur l'*Argade*, ou de partir aux antipodes avec ses parents. La libido la travaille, voilà tout, elle a des tentations. Sortir, elle n'a que ce mot à la bouche : « sortir », comme ses frères, qu'on lui dise « oui » ou « non ». Quand c'est « oui » elle peut sortir avec Jean-Marie, quand c'est « non », elle se fait la belle au nom du Che, au nom d'Éric Tabarly, de Moitessier, trois loustics perchés qui n'auraient jamais laissé un « non » parental entraver leurs mouvements dans leur jeunesse. Elle est de cette trempe-là, Flo, et on la connaît très bien avant que l'alcool ne l'arrache à son corps.

— Il y en a qui ne s'embêtent pas, dis donc !... Le Sahara ? L'Algérie ? Vous partez ? Pendant que d'autres bossent à Paris. Moi aussi j'adore le Sahara. J'y retournerais bien.

— Tu n'es pas en vacances, que je sache. Et c'est une année scolaire importante pour toi, il me semble. Tu n'as qu'à aller chez ta tante en Normandie. Tu seras plus tranquille à la campagne.

Et moins tentée de dire « oui » au premier chat coiffé qui passera sous tes fenêtres. Or les chats coiffés ont l'art de passer même à la campagne, et même quand la tante est prévenue, la porte verrouillée. Et lorsqu'on a volé une belle auto pour épater les chats et les filles, on est un chat coiffé plus rapide que les soupçons d'une mère sur le qui-vive.

— À bientôt, ma chérie.

— À bientôt, maman.

À très bientôt, même. Les Arthaud n'ont pas débarqué en Algérie qu'ils doivent regagner Paris, et de Paris se rendre d'urgence à l'hôpital de Fontainebleau, section des soins intensifs. Les deux chats décoiffés en réanimation. Leur pronostic vital est engagé. On ne sait pas quand Flo sortira du coma. Si même elle en…

10

Traversée

On ne sait pas, non… Ce qu'on sait avec les enfants, c'est qu'on ne sait pas. On ne sait que les escorter avec tout son amour. Et c'est quand ils ont l'air de vous trahir qu'ils en ont peut-être le plus besoin. Pourquoi ils ont fait ça ? À nous qui les aimons au-delà des mots ? Qui nous aimons au-delà des mots ? Ces anges descendus du ciel ? Conçus en un moment de joie plus fort que la mort et l'oubli ? Bien la peine de s'aimer d'un si grand amour, si c'est pour engendrer des enfants abîmés et meurtris. Allons, ne vous battez pas la coulpe ainsi, parents aux petits soins, parents dévoués, – parents parfaits et meurtris. Ils vivaient dans une coquille à l'abri du monde, vos enfants, ou dans le cocon d'une liberté mensongère, et ils l'ont brisée. Ils ne l'ont fait que pour rattraper le temps perdu, ou attraper le temps qui passe, cueillir au-dehors ce qu'ils ont au-dedans, cet énorme chahut sans visage et sans nom. Alors quoi ? On irait s'en vouloir ? Les taxer d'ingratitude ? Ce sont des étrangers, ces enfants heureux que nous croyons si bien connaître, et pour eux nous sommes des idiots ou des fous. Des étrangers. Et comme nous les aimons et qu'ils nous aiment et que l'amour est la chanson préférée du bonheur, ils sont heureux et perdus en même temps.

On en a vu qui s'y prenaient mal en brisant leur coquille, on en a vu beaucoup. On en a vu qui se pendaient chez eux après avoir mangé les nouilles au pistou du dimanche soir avec leurs frères et sœurs. On en a vu qui n'avaient rien à briser, contents d'être nés, contents d'exister. D'avoir pour parents leurs parents. Et pour enfants leurs enfants. Et la santé en prime.

« Ma fille, écrivit Anne-Marie, ma fille n'aimait que dévorer la vie. »

Pendant quinze ans Flo dévora la vie comme ses parents la dévoraient eux-mêmes. Pendant quinze ans, symboliquement parlant, elle mangea les nouilles au pistou du dimanche soir en écoutant les marins lui raconter le silence de la mer et celui du vent dans les voiles ; en regardant son père écouter les marins. Pendant quinze ans la bonne éducation fut son lot quotidien : catéchisme, école religieuse, tricot, Racing Club, musique, danse, elle ne manqua de rien, la belle enfant. Vacances à la mer, vacances outre-mer, vacances à la neige, vacances hors saison – avions, trains, bateaux, chameaux : de rien du tout. Pendant quinze ans Flo devint ce qu'elle était sous la peau d'une privilégiée bécébégée qui prend ce qu'on lui donne et n'en a jamais assez : une gosse de riche avide de s'émanciper du luxe et du credo bourgeois, mais va la briser la coquille Arthaud, la flanquer pardessus bord la cuiller en diamant.

« Nous étions une si jolie famille », écrivit Anne-Marie.

À seize ans elle se fermait comme une huître ; à dix-sept elle se suicidait ; à dix-huit elle dévorait la mer.

Si par le suicide on met fin à ses jours, on peut les interrompre aussi par un acte manqué. Le 14 mars au soir elle arrivait chez sa tante en Normandie. Elle avait son bac à réviser, mais priorité au destin. Un chat coiffé vint à passer sous la fenêtre, et la BM ivre morte exécuta proprement sept tonneaux dans les ténèbres. On désincarcéra les deux chats en bouillie, ni vivants ni morts.

Sur les détails de l'accident on ne fut jamais vraiment fixé. Les deux chats, conducteur et passager, s'étaient comportés comme s'ils étaient pressés d'arriver quelque part. Et d'après les empreintes exploitées sur le volant, contrairement à ce qui s'était dit, ce n'était pas Flo qui conduisait. On n'approfondirait ni les motivations ni les pourquoi des deux occupants en état d'ivresse, aucun reproche ne leur chercherait la petite bête. Le coma fait bien les choses en matière d'amnésie. La mer n'est pas moins douée pour le sommeil des épaves.

Et comme on ne sait pas avec les enfants, comme on ne sait rien et qu'ils sont capables de naître un jour et de renaître dix-sept ans plus tard, en dépit du bon sens, on est bien embêté quand ils vous disent au réveil, de leur petite voix qui retrouve le chemin des mots : La mer, c'est la mer que je veux pour Noël, maman, dans mon petit soulier. La mer ? On en reparle demain, Flo, après une bonne nuit de sommeil, tu as besoin de repos.

Est-ce qu'elle dort, la nuit, Flo ? Est-ce qu'il fait nuit dans le sommeil de quelqu'un qui revient du coma ?

Demain.

— J'en ai parlé avec Jean-Marie.

— Tu ne veux plus faire ta médecine ?

— Jean-Marie est d'accord avec moi.

— Tu adorais soigner les bêtes. Rappelle-toi quand tu as voulu recoudre l'aile d'une pie tombée du cerisier. Elle mettait du sang partout, mais tu n'éprouvais aucun dégoût. Elle t'a vomi dessus, elle t'a piquée au visage et tu saignais autant qu'elle. Tu es tellement douée pour les maux du corps.

— J'aurai mon bateau, maman. Ce sera lui ma maison. Je ne vous demanderai pas un sou.

— Et tu crèveras de faim. Finis d'abord ta médecine, Flo. Il te faut un diplôme. Pour le reste, on verra plus tard. Et si c'est vraiment la mer que tu veux, ton père et moi ne demandons qu'à t'aider.

— Je traverserai la mer.

— Tu viens de traverser la mort, ça ne te suffit pas ? Tu ne crois pas que tu nous as fait assez de peine comme ça ?

La peur… Un enfant a-t-il plus grande amie sur la Terre ? Elle le connaît si bien, ne lui ment jamais. De quoi il a peur ? Des créatures des rideaux ? Qui sont-elles, sinon lui-même au milieu d'une forêt intérieure, la nuit, sous la menace du loup. Il a peur de s'accepter comme il est, mais il le fera, il le fera – et ce n'est pas vous qui m'en empêcherez.

Après-demain.

— La mer m'attend, maman. Nous vivrons modestement au début. J'y vais.

— Et tu vas où ?

— Je vous donnerai des nouvelles, maman.

« Mon mari et moi sommes furieux », écrivit Anne-Marie.

« Mon » mari, c'est Jacques, et c'est aussi le père de Flo. Un coupable idéal. N'est-ce pas lui, le montagnard marin du clan ? N'est-ce pas lui, avec sa bourgeoisie, son argent, ses bateaux, ses voyages, ses aventuriers étonnants, ses regrets, qui leur a transmis l'amour de la mer, à ses enfants ? C'est lui, paradoxalement, le maître à ruer dans les brancards, le professeur de liberté, pour Flo. Mais va-t-on reprocher au père Noël les grelots merveilleux qu'il fait tinter dans l'ombre, et la joie qu'il sème dans les cheminées ? Jacques Arthaud n'a-t-il pas donné ce qu'il a donné aux siens pour la sainte cause du bonheur en famille – une famille unie par un esprit d'amitié sans faille, prête à le suivre dans toutes ses bohèmes, à lui ressembler.

Et comme on ne sait jamais avec les enfants, et que rien n'est trop beau pour eux, c'est vrai, on en vient à déposer la mer dans leur petit soulier pointu en forme de bateau. Mais la mer n'est pas un jouet qui s'efface à la longue, ou dont les adultes font un hochet pour se rappeler qu'ils ont failli devenir autre chose que ce qu'ils sont, à leur corps défendant, il y a si longtemps, aux brèves heures de l'idéal et du devoir de vivre.

C'est beau, la mer, aussi beau qu'un oiseau blessé. Elle m'a piquée au visage, je crois, et j'ai léché mon sang.

— Telle que je te connais, tu as quelqu'un. Tu es amoureuse ?

— Je l'ai toujours été.

La pauvre, elle est perdue, elle divague, elle est en danger. Comment a-t-on pu en arriver là ? Après tout ce qu'on a fait pour elle. L'accident est un signe, mais de quoi ? D'un second accident ? D'une erreur de notre part ? On peut s'attendre à tout, avec Flo. Qu'est-ce qu'elle nous chante, avec la mer, elle en veut toujours trop. Elle subit une mauvaise influence, elle a déraillé. Il faut l'emmener quelque part où elle se ressourcera – loin. Loin de la mer ? Loin.

— Je retournerais bien chez les Touaregs.

Quatre mois d'abstinence océanique, quatre mois d'oubli par la sobriété, l'aridité. Par la lenteur des choses et par le langage, par le vêtement, par les mœurs d'une tribu fidèle à ses traditions, comme les marins, par la nature aussi puissante que la nature océanique, aussi méchante et belle à mourir. C'est par où la mer ? C'est par là, n'importe où, nulle part, c'est ici. La mer, quand on est Flo, on la porte en soi comme un talisman qui peut tout relier en secret. Le désert et l'eau. Les palmeraies et les îles. L'azur et la gravitation. Le loin, le près, les voiliers et les nuitées sous la tente au milieu du vent froid. Les horizons qu'ils soient bleus ou verts, tous les horizons, tous les mirages. Le rêve et la vie.

Paumée, Flo l'est bel et bien en arrivant là-bas. Paumée dans un rêve dont on veut la chasser. Elle veut faire ce qu'elle veut du lendemain, et alors ? Qu'y a-t-il d'extraordinaire, pour une fille, à décider librement du cours de sa vie ?

« Aime et fais ce que tu veux », écrivit saint Augustin, un grand féministe, un grand humain.

C'est encore un méli-mélo, son rêve, pour Flo, le vrac d'un mikado vivant dont chaque élément peut en déséquilibrer un autre, et tout gâcher. Elle aime la mer, elle aime sa famille, elle aime son étiquette de médecin guérisseur, elle aime son petit confort bourgeois, son luxe, elle aime ce qu'elle est de par son milieu, tour à tour Marie-Chantal ou voyou, elle aime les bateaux comme elle a pu aimer les chevaux ou sa première paire de skis, l'animal ou l'objet merveilleux qui vient ajouter la sienne à la pureté du geste sportif, elle aime le sport, elle aime la boxe, elle aime se battre avec des garçons violents, plus forts qu'elle, et leur mettre une tannée – elle aime gagner. Ah ça, gagner elle adore ça ! et depuis toute petite : faire la course et passer devant, et lever les bras en « V ». On est très « compète », chez les Arthaud, ses parents, ses frangins, c'est dans les gènes. Biclou, skis, luge, mobylette, moto, elle s'en est pris, des gamelles, en narguant ses potes mortifiés, et toujours aux limites de l'accident. Le soir de l'accident, tiens, elle voulait doubler un blaireau qui roulait à deux à l'heure... Et pareil avec Jean-Marie sur le *Zouzou*.

C'est bien simple, son rêve : elle veut gagner, et gagner sur la mer, gagner en bateau.

Les bateaux, elle les connaît tous. Avec Jean-Marie, sur les pontons, c'est à qui dira le premier la « série » des voiliers amarrés, les avantages et les caractéristiques des uns et des autres, le nom des architectes et celui des autres bateaux qu'ils ont dessinés. Quand on est voileux, on est incollable sur les voiliers.

C'est bien simple, son rêve : elle veut être voileuse chez les voileux, régater sur l'océan comme Tabarly, Moitessier, Linski, et comme eux traverser ils ne savent même pas dire quoi : la mer et la mer encore, la mer au-delà.

C'est bien simple, son rêve, à dix-huit ans, en marchant enveloppée de l'ombre du chameau : elle aime la mer, elle aime la mer… Et je ne crois pas m'avancer beaucoup en résumant par ces mots les amours et les rêves qui la hantaient avant l'accident, après.

Ses parents font la sourde oreille, ils pensent que ça lui passera. Elle a ce genre de tête-à-tête avec elle-même, la nuit, tout bas.

— C'est assez grave… Je dois leur annoncer ma décision de ne pas poursuivre mes études.

— … À l'université, Flo. Tu les poursuivras ailleurs sous une autre forme.

— Est-ce que la mer est une forme qu'ils peuvent accepter, pour une fille ?

— Ils s'y feront, si tu es la meilleure.

— Ah, mais c'est vrai, ça… J'ai l'intention d'être la meilleure. J'ai toujours voulu être la meilleure.

— Et avec la mer, ça veut dire ?

— Gagner !

— Gagner !

C'étaient les voix mêlées de ses deux parents dubitatifs qu'elle entendait en refermant les yeux : « Et ta vie, Flo ? Tu la gagneras comment, ta vie ? » Même une fille de la haute doit payer sa liberté sur ses deniers pour en être digne. Et la gratuité du vent et des mers en a mis plus d'un sur la paille, avec son bateau. Appelons un chat un chat, toi qu'ils aiment tant, qui les aimes tant : « Est-ce que la paille te fait peur, Flo ? »

À quoi pense-t-elle, dans la journée, la peau bleuie par l'indigo des tuniques en lin ? J'ai bien envie d'aligner des comparaisons générales entre le désert et l'océan, ces jumeaux contrastés, ces deux géants du même lit. L'océan : un désert de gouttes d'eau. Le désert : une marée basse sans illusion. On se calme. On finirait par attraper des palourdes entre les jambes des chameaux ou par entendre l'appel des mouettes. C'est l'écrivain, d'un stylo climatisé, d'un œil prompt à fouiner, qui se permet d'énumérer des similitudes : les Touaregs, loups de mer de la nostalgie, ces horizons qu'il faut absolument franchir avant la nuit, et si ce n'est pas vous personnellement votre fils les franchira, ou les fils de votre fils, la dérive houleuse au gré du terrain vague, en se fiant à l'instinct du chameau plus judicieux qu'un satellite… Est-ce qu'on pense, dans le désert ? Est-ce qu'on pense en mer ? Est-ce qu'on n'est pas absorbé par le regard de l'immensité fondue à l'immensité ? Est-ce qu'on n'est pas jumeau de cet infini distillé jour et nuit dans l'infini ?

« Après quatre mois de sable et de roc, je commençais à rêver d'océan », écrivit Flo.

Ah, quand même !…

Ce n'est pas un hasard s'il revient l'aiguillonner, son vieux démon bleu. Quatre mois à l'amble du chameau n'ont pas vu tourner les calendriers civilisés. De février 1976, on est passé à mai. Et début juin, chez les Occidentaux chiffrés de pied en cap, c'est la transat anglaise en solitaire, l'Ostar, la course au large vedette du circuit. Tabarly est inscrit : l'homme aux yeux d'océan, le maître des *Pen Duick*, le « roi de mer » de Flo. S'il a gagné l'Ostar avec le *II*, en 1964, il a perdu la course autour du monde en équipage avec le *VI*, en 1973. Il a perdu, mais les gagnants n'ont pas obtenu la moitié du succès du grand voilier noir finistérien démâté par deux fois, couché toutes voiles à la mer par des rafales de soixante-dix nœuds. Il a perdu, mais patience. Il n'aime rien tant qu'en découdre avec les odieux Anglo-Saxons, superbes voileux, mais humbles à grands frais d'humilité, hautains à gifler. « Seule la revanche est jolie… » Qui a dit ça ? Éric le paisible, un soir qu'il était venu dîner rue de la Tour et qu'il évoquait ses déboires à répétition dans la course perdue sur les chronos. Flo buvait du petit-lait en écoutant ça. Elle ne s'est peut-être pas dit : « Je veux être Tabarly ou personne », mais sûrement : « Je veux être Florence Arthaud, je veux être marin, je veux être moi ou personne… »

« Le héros de ma propre vie », écrivit Charles Dickens à l'époque où il embrassa la carrière des Lettres avec timidité, comme Flo le grand métier de la course au large, future héroïne sur mer, aussi populaire que Tabarly malgré des yeux ni bleus ni verts.

La nuit ne s'annonçait par aucun signe avant-coureur, tel ce doute qui paraît s'emparer du rayon lumineux, le soir, dans nos contrées tempérées. La nuit tachetait d'ombre la dune ici et là, puis c'était simultanément la nuit, les étoiles, le froid. Et tant mieux si l'on avait atteint l'oasis au coucher du soleil.

« J'ai fait ma connaissance par le désert, écrivit le père de Foucauld, et la connaissance de l'homme. »

Les repas se prenaient sous la tente avec les Touaregs, éclairés par des mèches à huile, sans parler si ce n'est par les mimiques et les yeux. On mangeait avec les doigts le maigre couscous sahraoui, en buvant les trois thés symboles d'austérité : amer comme la vie, doux comme le désir, sucré comme l'amour. Quand les Touaregs faisaient du feu on s'asseyait autour du feu, emmitouflés, sommeillants. On se racontait la grande absente, la mer, et le vent qui piaulait sur le sable glacial la racontait aussi.

— *Pen Duick VI* a ses chances...

— Il y aura des multicoques... S'ils touchent un peu de portant, ils sont sûrs de gagner.

— Birch est un vrai diable sur les « multi ».

— À cette époque de l'année, ça se jouera au près.

Pas plus que les chameaux au repos dans l'ombre, à quelques pas, le lecteur ne sait qu'ils parlent à voix basse de l'Ostar 76, la cinquième édition de la course transatlantique anglaise, départ le 5 juin prochain. Une édition vouée à la postérité, comme l'Ostar 64.

— Alain aussi peut gagner. Il est très diminué, son bateau est un monstre, une machine à voiles comme on n'en a jamais vu sur l'eau.

Les chameaux n'en savent rien, pas sûr d'ailleurs qu'ils écoutent, mais le lecteur se souvient d'Alain Colas, grand marin au pied mutilé, ancien équipier d'Éric Tabarly, son maître vénéré, qu'il se déclarait en mesure de vaincre dans l'Ostar 76 avec *Club Méditerranée*, une goélette à quatre mâts dont le lecteur se souvient ou non que soixante et onze mètres était sa longueur hors tout. Il fallait bien ça pour déboulonner Tabarly. Tuer le père. Succéder à l'idole et se faire aimer des Français qui méritaient un héros moderne, un peu plus rigolo que cet ours breton zozotant.

— C'est la météo qui fera la différence, comme toujours.

— Le *VI* n'est pas fait pour un homme seul. À quatorze on a déjà du mal à le tenir.

— Éric est une force de la nature, papa, et il adore la baston.

Éric ? Les chameaux connaissent de nom, Flo ne perdant pas une occasion d'en parler autour du feu. Elle ne dit jamais Tabarly, son père non plus. Éric c'est Éric, c'est leur ami, le tombeur de Francis Chichester. Il n'a eu que des ennuis, avec le *VI*, depuis sa mise à l'eau en 1973, que des ennuis avec les Anglais qui ne lui pardonnent pas – et ne lui pardonneront jamais – de les avoir défaits sur la mer, leur chasse gardée depuis Trafalgar. Le *VI* a perdu la course autour du monde, bien fait pour les *frogs* ! même si le skipper est du pays des kouign-amann, autre pavillon. Venger l'honneur du *VI* est devenu le TOC d'Éric en catimini : un voilier perd son mât par trois fois, c'est le mât qui est en cause, pas le voilier ni les marins. C'est avec l'Ostar 76 qu'Éric veut décrocher la timbale, avec le *VI* et son quatrième mât. (Il est anglais, celui-là, top secret, chut ! *shut up !*)

— Je suis invité au départ de l'Ostar, Flo, le 5 juin. Une invitation pour deux, mais il se trouve que ta maman doit rester à Paris.

Ils ne sont pas idiots, les chameaux, depuis le temps. Depuis le temps qu'ils sont en croisière avec le père et la fille. On les entend parler, la nuit, ces deux-là. Elle, un amour, toujours d'accord avec lui, pas tout à fait. Lui, la bonté même, ne voulant surtout pas la contrarier, la « braquer », dira-t-il un soir. Mais la mer, Flo, il y va de ta vie, Flo. N'es-tu pas en train de t'enticher d'une folie ? Ne me le reprocheras-tu pas un jour ? Ou n'est-ce pas moi qui ne me pardonnerai jamais de t'avoir laissée vivre ton rêve ? On peut aimer la mer, et l'aimer passionnément, sans en faire un métier. On peut aimer les bateaux sans les avoir pour maisons. On peut aimer l'horizon sans pour autant lui lancer un défi chaque jour, comme si l'avenir en dépendait. L'horizon, Flo, à dix-sept ans, ne crois-tu pas que c'est d'abord se connaître soi-même et s'aimer pour ce que l'on est ? Ne voudras-tu pas être mère, un jour ? Qui es-tu, Flo, depuis ton accident ? Tu t'es posé la question ? Es-tu sûre que la mer soit la réponse ?

Il ne dit pas ce que Flo pense tout bas en l'écoutant : Une fille, papa, c'est ça le bémol pour toi. Tes fils tu leur passerais tout, tu leur dirais : Bravo ! Foncez, les gars ! Éclatez-vous. Et tu leur achèterais un bateau de course.

Après le désert – la mer, l'océan. Après les chameaux – les bateaux. Après la solitude – la foule, le bruit, les pubs, les gueulantes et les rires. Après le lait de chèvre et les thés diurétiques, l'excitation du scotch et des tabagies avec ces grands baratineurs de matafs prêts à tout pour lui dire « *Flo, what do you drink ?* ».

À Plymouth, mi-pirate mi-beatnik des sables, un anneau d'or à l'oreille gauche, un ruban mauve emperlé au front, elle monte à bord du *VI* dans Millbay Docks, l'affreux bassin zonard où douze ans plus tôt le *II* s'apprêtait à se connaître lui-même – à s'aimer tel qu'il était – vainqueur de l'impossible. « Ça va ? » lui dit Tabarly en la voyant. Comment ne pas fondre en larmes ?

Oh qu'ils sont jolis, ces voiliers aux mille couleurs et fanions le long des quais, et qu'il est doux le chant des perceuses et des scies sauteuses procédant aux ultimes ajustements avant la grande secouée d'une météo qui s'annonce variée sur le parcours. Oh comme ils sont vilains, ces docks de Millbay, et désagréables avec elle, empestant le charbon et déballant comme à son attention tout leur falbala d'autos accidentées, compactées, réduites en cubes de ferraille rouillée, bons à embarquer, avec des plaques d'immatriculation pareilles à des timbres-poste en fer, lui rappelant de quelle gabegie on l'a extraite l'autre jour, Belle au bois dormant disloquée, belle à mourir, épave.

Le 5 à midi le départ de la course est donné à coups de canon. Il souffle un gentil force 2 sur la baie. Bien trop gentil pour le *Club Méditerranée*, qui se donne un mal fou pour virer de bord à temps sans éborgner personne. *Pen Duick VI* est le plus rapide, le plus malin, il a si bien manœuvré qu'il franchit la ligne en pleine accélération, tribord amure – lévrier noir semant ses condisciples à « multi » ou « mono ». Il est toujours en tête, loin devant, quand Flo le perd de vue sous les nuées, là-bas. Cette fois la Transat 1976 a pris la mer, à Dieu vat, elle ne sait pas ce qui l'attend au loin – dans quelle tuerie elle s'est fourrée.

11

Observer Single-Handed Trans-Atlantic Race 76

Ô Transat 76, Ô ma transat à moi, Ô mon Ostar homérique – bataille à voile qui vit la mer prendre d'assaut les naïfs et les forts, endeuiller les naïfs et les forts, comme si les mortels à bout d'orgueil, pas seulement les marins, lui réclamaient une leçon d'humilité. Tendres marins, faibles mortels, frères humains. Ils n'étaient pas masqués, à l'époque, pas confinés au gîte. Ils ne se faisaient pas une joie d'affluer pour un oui ou pour un non, de rire et de postillonner en public, sans demander « pardon ». Qui se lavait les mains ? Les chochottes en sortant des toilettes. On fumait, buvait, mangeait gras et viandard, on s'amusait à tombeau ouvert jour et nuit : la bise et la baise sans limitation, à deux cents à l'heure. Le passé passait, l'avenir venait, le fric pleurnichait dans les chaumières comme il fait toujours. Le présent ? On s'en débrouillait, du présent, musique à fond, politique à fond, football à fond, gonzesses à fond, tout à fond, Johnny, les Stones, etc. Et Giscard, alors ! J'allais oublier Giscard, Giscard d'Estaing : Colin Froid Ier, le président copain, le dîneur éventuel du citoyen lambda. La droite avait de beaux restes, en 1976, on dilapidait les acquis postcoloniaux, la nostalgie rôdait. Les Arabes ? Des bicots. Les Noirs ? Des négros. Les Jaunes ? Des niakoués. Les femmes ? Des… Les femmes, hé ! hé !… On leur disait tout haut ce qu'elles pensaient tout haut, pas si bête, on leur disait : Mais oui, cocotte, mais oui. On en parlait entre nous, des femmes, elles nous entendraient, ces… Les femmes on les adorait comme au bon vieux temps, et comme au bon vieux temps elles nous rendaient fous, ces… La belle vie, 1976, vraiment. Aucun virus ne circulait, aucun métro n'explosait aux heures de pointe (ou en dehors), et l'ego national se pavanait, cocorico ! Même la mer, on se la jouait cocorico, même la voile, depuis 1964, quand on avait déculotté la perfide Albion en plein océan, elle s'en souvenait. On exigeait la déculottée tous les quatre ans, maintenant, le match sans bavures de la transat en solo contre les rosbifs et les autres, et c'est nous qu'on était les meilleurs, comme au foot quand l'arbitre ne méritait pas des claques.

« La mer, pour les Français, c'est ce qu'ils ont dans le dos l'été quand ils s'ennuient à la plage », écrivit Tabarly en 1976.

Ils l'avaient sous les yeux, la mer, le 5 juin à midi – un mètre ou deux environ à vol d'oiseau – quand la télévision retransmit le départ de la transat anglaise sur Antenne 2, livrant aux spectateurs sur les dents une baie de Plymouth envahie de bateaux qui n'étaient pas tous des voiliers, tant s'en faut, et pas tous en humeur de traverser l'océan sur les brisées des cent vingt-neuf participants sous voiles. La bousculade, dis donc, ils vont finir par se rentrer dedans, ces idiots. Oh mais ce n'est pas le *Pen Duick VI* qu'on voit, là, en bas de l'écran à gauche, devant tout le monde ?… Mais c'est qu'il avance, pépère, il en veut. Et *Club Méd*, il est où ? Qu'est-ce qu'il fout, *Club Méd* ? Il attend quoi pour rattraper *Pen Duick* et lui planter un couteau dans le dos ?

Voilà deux bonnes années que la tuerie couvait. Ce qu'il y a de bien, avec la mer, c'est qu'elle tue, c'est qu'il y a des larmes à verser. Elle avait tué le pied droit d'Alain Colas à la Pentecôte 1975, un soir qu'il jetait sa « pioche » en catastrophe à La Trinité-sur-Mer (quarante kilos, l'ancre du *Manureva*, l'ex-*Pen Duick IV*). Colas n'en restait pas moins grand favori… ex æquo avec Tabarly. Un Nivernais, un Breton. Le public, chauffé à blanc par les rumeurs, se partageait entre les deux champions : les « pro-Tabarly », les « pro-Colas ». On est *Pen Duick* ou *Club Méd*. On n'y connaît rien, mais on met son grain de sel à tout-va. Tabarly est une carpe, une carpe rusée, Colas un communicant rusé aussi. Il a privatisé l'Olympia pour signaler aux médias qu'il allait gagner : pourquoi il allait gagner, pourquoi son pied s'arrangeait, après vingt-deux opérations, pourquoi Claude Lelouch que voici, mon ami Claude, ne craignait pas d'investir ses millions dans son quatre-mâts hors pair, idem Gilbert Trigano que voici, mon ami Gillou, pourquoi le destin était dans son camp, mon ami le destin dont il n'avait cure, légende urbaine…

Flo est une « pro-Tabarly », moi aussi. On le connaît tous les deux. Colas est un capitaine courageux, un tantinet cow-boy de saloon, avec ses pattes de lapin, mais on a l'impression qu'il en veut à Tabarly, navigateur équanime qui n'a de compte à régler avec... Personne ? Non, personne, hormis ses fournisseurs de matériel nautique, ils sont quelques-uns.

« Tabarly m'impressionne, solide comme un roc. À son contact je sens qu'il me faut provoquer mon destin et pas rester à la traîne », écrivit Flo.

C'est mystérieux, la jalousie du grand Colas envers son maître. On dirait un complexe mal éteint qui s'est trouvé un abcès, une fixette. Et pourtant Colas n'est pas à plaindre. Il a tout réussi quand on jette un œil à son curriculum : à fonder un club de canoë-kayak à Clamecy, son village bourguignon, lorsqu'il était gosse, en allant voir le maire. À décrocher un poste à l'université de Sydney, après que sa candidature eut été refusée. À pénétrer le milieu huppé des yachtmen australiens, admis au *Cruising Yacht Club* d'Australie, embauché *french cooker* l'été sur les grands yachts de rêve, toujours souriant dans l'enfer moelleux des courses-croisières – et déjà battant comme pas deux. Il a même gagné la transat anglaise en 1972, célèbre à son tour. Qu'est-ce qu'il n'a pas réussi ? À se faire haïr des Anglais. À battre Tabarly. À charmer l'équipage du *III*, en 1968, lors d'une balade en Nouvelle-Calédonie, juste après la Sydney-Hobart gagnée par le *III*. On s'est montré peu réceptif, sur la goélette, à la belle humeur du *french cooker* bourguignon. Tabarly l'a traité comme il traitait les autres équipiers : Tu fais ton boulot, tu dors, et s'il te reste assez de temps libre pour la ramener eh bien tu ne la ramènes pas. Kersauson l'a chambré parce qu'il chambrait la Terre entière et pas seulement parce qu'il était nouveau, et qu'un nouveau on le chambre deux fois plus qu'un ancien, pour le tester, on lui fait boire la tasse amère d'une complicité à laquelle il n'aura peut-être jamais accès. On le met à poil avec ses points faibles, en toute mauvaise foi – « parisien » qu'il est, « parigot tête de veau », nivernais d'eau douce, après c'est à lui de voir s'il est heureux comme ça, s'il aime le *3* et les ambiances de carré dont il est la tête de Turc en attendant mieux.

Pourquoi, huit ans plus tard, afficher sa rivalité avec le marin qui fut son mentor ? Son ami ? Celui qu'il admirait par-dessus tout ?... Restons sur ces trois points interrogatifs, mystérieux. On peut minimiser l'influence des maîtres. On peut connaître quelqu'un toute sa vie sans devenir son ami. Enfin, on peut admirer à contrecœur. Sur ce n'oublions jamais d'admirer Alain Colas, le vainqueur vaincu par sa bonne étoile de mer aussi mystérieuse que lui, « l'un des hommes les plus extraordinaires que j'ai rencontrés », écrivit Kersauson après sa disparition. Avec Alain Colas la mer perdit un marin qui l'aimait comme un amoureux fou, pour être aimé d'elle et toujours, son chouchou : le public perdit un marin qui parlait des bateaux et des mers en virtuose, en écrivain qu'il aurait fini par devenir ; une œuvre de plus s'est égarée sous la mer.

Et n'est-ce pas un dernier hommage à son héros d'avoir choisi pour lit d'éternité sous la mer un bateau construit par Tabarly, ce *Pen Duick IV* à la vie à la mort.

Colas n'est pas seul à vouloir dépasser Tabarly, en juin 1976. Ils sont tous là pour dépasser Tabarly, dépasser Colas, dépasser les autres – pour se dépasser. Et retourner se dépasser en mer en dépassant l'horizon et tout ce qui fait voile à l'horizon. Ils s'appellent Fauconnier (Yvon), Terlain (Jean-Yves), Gabbay (Alain), Linski (Marc), Parisis (Jean-Claude), Marchand (Aline), Berthier (Dominique), etc. Ils sont les jeunes, les héritiers, trente-deux solitaires aux dents longues, tous, la fine fleur de la voile française, et il n'y a pas qu'eux. Dix-huit nations participent à la transat anglaise, cent vingt-neuf vainqueurs potentiels dont cent vingt-sept indifférents au tapage médiatique entourant le grand duel annoncé entre Tabarly et Colas. Le meilleur ? Le gagnant ? Attendez voir les dépressions, la casse (il y en a toujours), la tombola des rafales, attendez voir la mer, la fatigue, attendez voir à quelle sauce l'océan leur mangera les nerfs, à tous ces matadors au moral d'acier, et s'ils ne verseront pas des sanglots par-dessus bord. C'est dans un élan d'âpre compétition, calmes et sans pitié, concentrés à mort, qu'ils font leurs huit affolants à l'extérieur du brise-lames de Plymouth, le 5 juin 1976 à midi moins « 5 », « 4 », « 3 », « 2 », « 1 », « Boum ! » – *alea jacta est* (trois catégories, trois « Boum ! », trois départs).

Et ne parlons pas des Anglais, ne rions pas trop des Anglais nourris au pain noir du *burn out* océanique depuis 1964... Ils sont quarante-trois au départ de la 76. Ils sont tous au départ. Ils ont tous une revanche historique à prendre sur les Français qui leur ont dérobé leur hégémonie préférée : la mer. « Ostar » rimait désormais avec « Trafalgar », avec « cauchemar », et Napoléon buvait du petit-lait. Tous les quatre ans les maudits « *frogs* » faisaient un bras d'honneur à Sa Majesté sur l'océan, son jardin privé, *damned* ! On allait regagner Trafalgar, restituer leur cauchemar national aux skippers du camembert (et du pinard). Remettre le passé au présent. J'exagère ? La transat finie, et le *burn out* se plaisant décidément côté anglais, la perfide Albion mit l'Ostar au panier : sinon l'Ostar, du moins son règlement qui donnait l'avantage aux visiteurs d'outre-Manche. Le *VI* fut décrété *non grata* par le comité de course, aux termes d'un nouveau règlement bien *british*, et tout voilier français risquant d'humilier l'*Union Jack* assez morveux comme ça. « Cocorico » fut-il répondu à Sa Majesté, et plus concrètement « Ostar française » intitulée « Course du Rhum ». Atlantique Nord, Atlantique Sud. Florence Arthaud n'avait plus qu'à briser le petit cochon pour se payer un bateau.

Retour à Plymouth le 5 juin 1976 à midi. L'envolée des cent vingt-neuf par force 2 n'allait pas tarder à se désunir sous la pression combinée de la mer et du vent. Les JT se firent l'écho du pire : Mike McMullen était mort, Mike Flanagan était mort, et c'est par dizaines que se comptaient les bateaux amochés, démâtés, roulés, tabassés, coulés, victimes de la mer en furie.

« La mer en furie », justement. On voit l'idée, on ne voit que ça. L'état de la mer est une gageure pour l'écrivain. Plus la météo dévisse, plus il a du mal à suivre. Le petit temps, il s'en sort bien. Le lecteur néophyte en a vu, lui aussi, du petit temps, et jusqu'à force 3 il se laisse amadouer par le griot. La mer agitée, « la mer en furie », c'est une autre paire de manches. Comment fait-on pour dire une grosse vague au lecteur ? Un vent colossal ? Un ciel d'une couleur ignorée des appareils photo ? Comment fait-on pour montrer la tempête au lecteur *comme s'il y était*, sur le frêle esquif aux prises avec cet épouvantail à mille bras ?

Par quel bout prendre la mer pour la dire ? Aucun. Ne la disons pas. Ne la traduisons pas. Épargnons-lui nos charabias. Et vive la simplicité. Il y a trois cas de figure, pour le voilier sur l'eau. Soit il fait route, soit il a du mal à faire route, soit il ne fait plus route, et quand le routage est assuré par la mer il a un pied dans la tombe. Un pied : pas deux. On se bat alors pour survivre, empêcher l'objet flottant de quitter la surface de l'eau. Une lutte à mort dont l'issue dépend des paramètres suivants : la solidité du bateau, la solidité du marin, la patience du vent. Bateau *waterproof*, marin *waterproof*, comme dirait un horloger. Le sens marin par là-dessus, le grand pardon naturel aux océans les plus ventilés, et le tour est joué, la mort feintée. Fastoche, la mer, dès qu'on la prend au sérieux.

C'est le marin, pas l'écrivain, le mieux-disant des éléments. Tabarly, peu friand des Anglais, se fait *british* dans sa façon d'évoquer l'océan. Le vent ? Il rentrait fort. La mer ? Il y en avait, il y en avait beaucoup. Il ne recourt pas à l'immobilier (chose immobile) pour montrer la hauteur de l'eau : un étage, deux étages, trois étages, neuf étages, allusions subliminales à l'ascenseur et au syndic, deux intrus qui tuent la tempête et la mer.

Ce qui se passe en mer sur les bateaux est à jamais perdu pour la parole du témoin, comme la guerre en mouvement que les médias prostituent en croyant la filmer telle qu'elle est. Et ni la vidéo ni le mot ne retransmettent la guerre ou la mer, spectacles qui n'en sont pas – nature à l'état sauvage, homme à l'état sauvage, corps à corps avec la beauté pure et la violence nue. Flo s'interdit le cinémascope à la manière de Tabarly, elle fuit les superlatifs visant l'exactitude optique de l'objet. Elle est très enfantine, dans son imagerie du grand bleu quand ça souffle et remue, ne remue plus d'un « pet » : très « brafougne » et « baston », très « pétole » et « calmouille ». Et rien à cirer des grands écrivains en chambre qui mettent un point d'honneur à vous brosser une mer aussi mouillée sur la page que sur l'eau. C'est un écrivain, malheureux devant une fleur qui se refusait à ses mots, qui la rendit célèbre en l'appelant « désespoir du peintre ». Toutes les mers un peu formées sont des fleurs indicibles, toutes font le désespoir des mots.

« Même Alfred Hitchcock n'arriverait pas à rendre un monde aussi terrifiant », écrivit Florence Arthaud.

« Les mots sont impuissants à peindre la mer », écrivit-elle aussi.

« La mer, on ne se rend pas compte, c'est trop fort, alors on se tait », écrivit-elle encore, elle qui ne se taisait pas, qui chantait quand la mer chantait, quand la mer hurlait, comme on berce un enfant qui fait ses dents.

Elle était à Plymouth et j'y pense : moi aussi j'y étais, venu de Brest en voilier. Contrairement à Flo, je n'ai vu personne, aucun Tabarly ni Colas, aucune voile de l'Ostar. Devant Plymouth, des centaines de bateaux spectateurs formaient un rempart. De ma vie je n'ai pêché à la traîne autant de maquereaux qu'aux aurores du 5 juin 1976, en longeant cette armada. Ils se jetaient sur mes hameçons. Ils semblaient attendre les deux frères ennemis, eux aussi, pour l'honneur de frétiller dans leur poêle à frire, et de grésiller à leur santé.

Que ressentit Flo dans le désert du Hoggar ? Que ressentit-elle à Plymouth devant les voiliers sous tension, dans Millbay Docks, guerriers vigilants d'un combat sans haine à travers la mer et les vents ? Fut-elle jalouse ? Est-ce là-bas qu'elle se dit : « Moi aussi la prochaine fois, j'aurai mon voilier. Et je me battrai pour les battre tous. » Quelle intuition la traversa ? Elle monta sur une vedette rapide avec son père, elle passa l'écluse et fut au premier rang pour assister au départ dans la baie. Au coup de canon elle vit le *VI* déployer ses biscoteaux géants, s'amenuiser et disparaître à l'horizon, sous spi. Elle regarda la baie se vider progressivement de tous ces beaux coursiers aux voilures pour qui la bataille solitaire avait commencé. Quand il n'y en eut plus un seul à voir elle se tourna vers son père et lui tint à peu près ce langage :

— Ô, papa chéri, s'il te plaît… Je n'ai pas de quoi me payer le voyage en Amérique. J'aimerais tellement me rendre là-bas pour les embrasser lorsqu'ils arriveront à Newport et leur déclarer mon amour à tous.

12

Chez les enfants

La chaleur accablait Newport lorsque Flo s'assit à l'extrémité du ponton réservé à l'Ostar, six méridiens à l'ouest de Millbay Docks ; pas très loin de New York, en fait, au sud-ouest. Aucun des voiliers n'était arrivé. Les nouvelles n'étaient pas bonnes concernant Tabarly. Quelles nouvelles ? Zéro nouvelle du Breton. Il y avait eu du grabuge avec la météo. Au moins deux des participants étaient morts, deux Britanniques. Et c'étaient par dizaines que se comptaient les voiliers en difficulté, les abandons. Une brume iodée montait de la mer par bouffées, on respirait du frais. Comme il faisait nuit, Flo regardait la baie sans voir grand-chose à part des lueurs tremblantes, et ses pensées vagabondaient. Ah, des crabes !… Des crabes ou des bigorneaux. Ou les deux. Elle n'était pas seule. Elle entendait résonner des chuchotis sous les planches, et des *plocs* sourds quand ces messieurs-dames se laissaient tomber à l'eau. Elle n'avait rien mangé depuis le matin. Un énorme sandwich américain bien gras, un *tuna fish* bourré de mayo chimique, le rêve, hum !… Elle en salivait comme un bigorneau. Quel yacht-club voudrait bien la servir à minuit ? La laisser téléphoner en Europe à ses parents ?

Des yacht-clubs, il y en avait quatre ou cinq autour de la marina, et pas des pubs à matelots chauds bouillants. Rien à voir avec Millbay Docks, *Newport by night* ou *by day* – excepté les crabes et les bigorneaux, excepté l'océan. C'est chic, Newport, et même un peu plus, comme tous les beaux endroits du monde où le yachting de tradition, vieux magister fortuné, se veut la fine fleur des us et coutumes anglo-saxons. Bref, c'est riche et snob. En même temps, c'est beau, merveilleux, désuet. La ville offre à ses habitants le luxe d'un paysage aussi varié que la rade de Brest ou la baie d'Along (Flo nous ajouterait Marseille, Anne-Marie Alger). Imaginez aussi les pimpants « cottages » de bois pastel sur les rives, ou les palaces avec pelouses et débarcadères privés, les greens et croquets au bord de l'eau, le bruit mat des maillets. Où sont les courts de brique pilée ? On les devine à travers le flou des rhododendrons. C'est à Newport, lac de mer irréel relié à l'océan par un goulet rempli d'îlots, que l'on vient voir s'entraîner les pur-sang de l'America's Cup, les somptueux *12 m JI*, *Columbia*, *Nefertiti*, *Easterner* ou *Nereus*, racers furtifs aux évolutions croisées d'albatros à tire d'aile. Des monstres d'élégance et de courtoisie, de précision, mais aussi des tueurs de métier. On a régulièrement soif, sur ces grands yachts d'autrefois, après la régate, la même soif que les dockers de Millbay Docks, le même gosier sans fond. On va s'en jeter un au « club », débriefer entre initiés. Et même se saouler, *my friends* !

C'est à l'*Ida Lewis Yacht Club*, perché sur un bout d'îlet rocheux, que Flo trouva son bonheur, bien que non-membre du club. Puis elle alla dormir je ne veux même pas savoir où.

Cette nuit-là, 29 juin 1976, à l'heure du laitier, Tabarly venait s'amarrer au ponton réservé à l'Ostar. Si Flo n'y était plus, l'éternel comité d'accueil des bigorneaux et des crabes lui manifesta son émoi fraîchement salivé. Sitôt débarqué, Tabarly fut rembarqué, renvoyé par avion dans ses foyers européens, attendu qu'il était sur les Champs-Élysées par ses fans du monde entier. Et Flo, dans la matinée, dut garder pour elle ses vivats et ses larmes. Elle est dépitée, folle de joie, elle reconnaît le *VI* au ponton, royal, simple, tiré à quatre épingles. Éric est vivant et il a gagné, putain ! il a gagné ! C'est le plus beau jour de ma vie, comme si c'était moi.

Puis ce fut Mike Birch.

Puis Jaworski.

Puis Grossman.

Puis Colas.

Puis ce fut…

On est toujours le 29 et la fièvre des arrivées monte à Newport, le public afflue. Si les départs de course au large ne sont pas tristes, et pas vraiment jeûnés, il y a dans le miracle des arrivées à bon port une stupéfaction que ni la fête ni l'insomnie, aucune embrassade ne parviennent à pleinement combler. Et la foule des journalistes et badauds vient mordre à cette stupéfaction, l'attiser. Ce lâcher-prise obsidional a son équivalent dans la Bible, quand l'eau se retire et que l'Arche d'alliance reprend appui sur le sol, happée dans une odeur de fleur et d'humus, guidée par un chant d'oiseau phénoménal, prête à l'amour, de nouveau, à la condition humaine, avec le futur temps qui revient lui donner sa bénédiction. Flo va-t-elle rester ? Regagner son hôtel particulier à Passy ? Rejoindre sa famille en vacances ? On dirait qu'elle s'est payé un aller simple et qu'elle n'a plus l'intention de rentrer nulle part. Elle est folle de joie, comme je l'ai dit, folle de la mer et folle de ces marins qui l'ont vue, la mer, qui l'ont traversée, gagnée – forts d'un secret qu'ils ne dévoileront jamais. Allez, dis-le-moi, regarde-moi – dis-le !... C'était comment ? C'est comment, la mer ? Tu l'as vraiment vue ?... Elle existe, au moins ?

On est chez les enfants chez les marins, chez leurs amis venus les dorloter à destination, partager le secret qui leur dévore les yeux, loin des mots trop bêtes pour le deviner. Ce sont des enfants, les jours d'arrivée au port, qui s'enivrent dans les bars ou sur les bateaux où l'on attend l'accostage imminent d'un tel ou d'un tel. Ce sont les enfants, après tout, qui savent écouter, s'évader sans bouger, poser d'insatiables questions au marin sur les rotules – gosse hanté par les mêmes insatiables questions ignorées des médias avides de sensations. Tiens, un secret pour vous, ça reste entre nous : L'enfance est l'horizon des marins quand ils regardent la mer – les jeunes, les anciens. Et quel est ce pays que l'on appelle « l'enfance », quand on grandit ?... Celui où l'on n'arrive jamais, où l'on ira toujours – la mer.

Puis ce fut Parisis. Jean-Claude Parisis.

Les yacht-clubs sont des milieux très stricts en matière de fréquentations. Il faut montrer patte blanche ou jouir d'un parrainage validé par les portiers. Ou convaincre les portiers qu'ils sont vos parrains et vous leur filleul. C'est ainsi que Flo, minishort en jean effrangé, chevelure solaire en éruption, prunelle, peut aller et venir à l'*Ida Lewis Club*, sa terrasse préférée. Tel est depuis toujours l'injuste sort des jolies filles, des filles comme Flo, leur bonne mine est un passe-partout. On leur fait la bise, on leur dit « tu », on les dorlote, on ne veut pas voir leur Carte Bleue ni leurs dollars – *gentlemen* oblige. Pour les mâles, autre chanson, voyez-vous… On nous dit « portiers », terme subtil, car « videurs » il nous arrive de l'être aussi. Et avec l'Ostar, on voit aujourd'hui rappliquer par la mer les racailles d'Europe, un tas de loulous typiquement français qui se prennent tous pour des Tabarly en mieux. On est sur les dents avec l'Ostar. À quoi bon des portiers si n'importe quel affreux mal rasé vient s'affaler au bar du club avec pour alibi l'océan. Déjà les « mal rasés », à l'*Ida*, il n'est pas d'usage de leur prêter un rasoir – du vent !

Celui-là, tiens, qui s'amène, il a l'air de quoi ? D'un « *typically french* », *my god !* Plus grand que la majorité des Français, plus costaud, mais français quand même, ça se voit. Jambes nues, pantoufles, slip de bain à rayures jaunes, il sort d'où, ce clown ! Où il va ? Il n'imagine tout de même pas qu'il vient consommer chez nous ? Et si. Grande gueule avec ça, et même pas en anglais. Et bien sûr l'océan pour alibi, parrain. Il aurait toutes les mers du globe qu'il irait se faire foutre au royaume des camemberts, celui-là ! Dégage, porc ! (*Fuck you, pig !*)

Ce n'est pas la mer ni l'Ostar qui va lui sauver la mise, au clown hexagonal, mais Flo qui passait par là. Hello, Flo. C'est joli, Flo, comme prénom. Moi, c'est Jean-Claude. Ils se regardent et l'horizon qu'ils voient chacun dans le regard de l'autre paraît assez grand pour les héberger tous les deux. Jean-Claude n'avait pas d'alibi valable pour entrer au club, et maintenant il a Flo. Et maintenant, attablé devant le hamburger à triple niveau (sauce barbecue) dont il se languissait en mer depuis des jours et des nuits, reçu poliment au yacht-club de l'*Ida*, il peut siffler du vin rouge et encore du vin rouge, à volonté, en couvant d'un œil incrédule son voilier amarré au ponton des gagnants.

Et Flo, alors ? Vous ne pensez pas qu'il la couve aussi d'un œil incrédule, tant qu'il y est ? Et que sans l'avoir jamais vue en chair et en os, il a pu rêver d'elle en mer, dans la brume, comme il a rêvé du hamburger à triple niveau qu'il est en train de s'envoyer ? Comme il a rêvé d'un triple 51 pur avec des « glaglas » dans un verre géant, rêvé de tapenade à profusion sur une fougasse attiédie au four ? Et qu'il se demande ce qu'il a fait au bon Dieu pour avoir le bol de tomber sur cette minette, la plus affriolante qu'il ait jamais vue. La plus sympa. Connards de portiers !

— J'aurais préféré du pastis, mais c'est déjà mieux que leur « coca » de merde, à ces Indiens !

— Tu viens d'arriver ?

— Ouais, et t'es mon premier être humain depuis Millbay Docks, je ne suis pas déçu. Sans toi je reprenais la mer illico... Non mais tu les as vus, cette bande de pignoufs ? Pas un qui parle français.

— T'es sur quel bateau ?

— Le plus beau, répondit Parisis, indiquant du menton son voilier amarré derrière le *VI*. On ira le voir tout à l'heure si tu ne touches à rien. C'est le bordel, à bord, mais chaque chose a sa place.

— C'est pas *Isles du Frioul*, ton bateau, le plan Presles de Marc Linski.

— C'est *Petrouchka*, l'ancien bateau de mon pote François qui l'a racheté à Linski, t'as raison... *Isles du Frioul*... Pourquoi il a changé son nom ? Ça ne se fait pas... C'est un mauvais tour qu'on joue aux bateaux. Pas plus superstitieux qu'un bateau. C'est mon barlu, maintenant, le mien, le plus génial des bateaux à voiles. Il ne lui manque que la parole, à ma *Petrouchka*. C'est elle qui raconte ça dans la « brafougne ».

— Tu connais ce mot ?

— Comme tous les Marseillais du Vieux Port. T'es du Vieux Port ?

— Pas tout à fait, dit Flo, mais je suis un peu de là-bas par ma famille. Et d'ailleurs c'est là-bas que j'ai déjà vu *Isles du Frioul*... Tu sais que t'es dans les premiers ?

— Que « vous êtes », n'oublie pas mon voilier... Il est même arrivé devant moi... « Dans les premiers » on s'en tape, d'ailleurs. Nous c'est : « premier » qu'on voulait débarquer dans ce bled prétentieux, devant Tabarly. Et tu veux que je te dise ? On voulait tous arriver devant lui… Je ne sais pas comment il fait, comment il est fait, c'est dingue. Il n'y en a pas deux comme lui sur la mer.

— Pas deux, non, dit Flo, mais pas deux comme toi non plus.

Ils se regardaient. Ils étaient à même l'horizon quand ils se regardaient. Loin. Partout. Ces choses-là peuvent se produire de temps à autre quand les regards ont besoin d'espace et d'intimité, mus par un optimisme délirant.

— Ou comme toi… dit Jean-Claude. Arrête ou tu vas me faire rougir.

— Tu rougirais ton sur ton, avec la mine que t'as, lui dit Flo. Moi je pense que tu es arrivé cinquième, ou sixième… Et premier dans ta catégorie. Ça veut dire que t'es un crack, Jean-Claude. C'est ta première Ostar ?

— Moi oui… *Petrouchka* non… *Isles du Frioul* est venu à Newport avec Linski en 1972.

— Ils avaient fait quinzième, je crois, pas terrible… En attendant, si t'es premier des moins de vingt mètres tu as gagné le…

— Le « Trophée *Gipsy Moth* », je sais, et c'est déjà pas si mal. C'est mieux que rien… Ça va faire chier Gabbay si jamais il trouve l'entrée du port.

— Alain Gabbay ?

— Mon pote. Un vrai branleur de la mer. Le mec le plus doué que j'ai jamais vu, ça m'écœure… Il était juste derrière moi, ce matin, à la radio. Il se croyait devant, mais la vieille *Petrouchka* lui a mis la pâtée. Il court sur un 38 de Linski, il est plus lent au près.

Plus court : plus lent... Même Colas a compris ça. Il aura bien pédalé avec son 38, le minot... Et toi ?

— Moi, dit Flo ?

— T'es sur un bateau ?

— Non, dit Flo.

— Et t'es là pour quoi, toi, sans indiscrétion ?

Elle répondit : Voir la mer, et Jean-Claude lui dit : Moi aussi, quand j'étais paysan je voulais voir la mer, comme toi. Et tu sais où j'allais la chercher ? Dans une grotte de la vallée du Duime, un trou du cul souterrain dans la forêt. Les hommes des cavernes y allaient avant moi. Je ne sais pas s'ils cherchaient la mer, eux aussi, moi je ne pensais qu'à elle au milieu des chauves-souris qui me chiaient dessus dans l'obscurité. Les yeux fermés, j'écoutais murmurer la source invisible au fond du boyau, une petite voix qui remontait comme d'un conte de fées, tu vois, une source oubliée là-dessous par la neige et par la mer, et par tous les craquements dont sont nés les différents continents, tu vois, et je me disais : Peut-être bien que je ne la verrai jamais, la mer salée, peut-être bien que le craquement n'aura pas lieu pour moi et que je resterai dans ma caverne avec mes yeux remplis à ras bord de tout l'océan d'un rêve, sans rien voir... Toute ma vie... Plus à l'étroit qu'une chauve-souris, plus caverneux.

— Et qu'est-ce qui s'est passé ?

— J'ai crevé un trottoir au marteau-piqueur, un jour, à Paris, et j'ai vu surgir une chauve-souris en colère, Flo... une chauve-souris humaine, un inspecteur de la RATP fou furieux... Le genre à faire des petits trous à la Gainsbourg dans les tickets des bipèdes épuisés, tu vois, et je me suis dit : Faut vraiment que je la voie, j'en peux plus, elle me colle à la peau.

La première fois qu'on s'est vus, avec la mer, c'est à travers un Abribus de Marseille à l'arrêt du Vieux Port. Elle m'attendait. C'est ce qu'elle m'a dit : Depuis le temps que je t'attends, Jean-Claude, j'allais partir. Où c'est que tu étais passé ? Depuis, tu vois, on ne s'est plus quittés. Ça fait quatre ans. J'ai tout plaqué pour elle. Et je dirais bien qu'on s'aime d'amour, tous les deux, oh oui, d'amour, si je n'avais pas aussi peur des grands mots, comme tous les paysans de chez moi.

— Et depuis combien de temps tu n'as pas dormi ? dit Flo.

— Des nuits et des jours et des nuits, la mer ne dort que d'un œil… C'est comme l'amour, une lassitude durement gagnée… Mais quand je dors je dors, je m'en fous… Je dors au milieu des cargos et des icebergs, advienne que pourra… Au moins tu sais pourquoi tu as envie d'un bon steak et d'un pastis à rallonges… Je fermais les yeux à la barre, des fois, la nuit, et j'arrivais dans ma grotte sous les chauves-souris… Et là je fermais encore les yeux, tu vois, je prenais un ris dans mes paupières déjà souquées à mort, et j'écoutais battre la mer au compte-gouttes, au fond de la grotte, des gouttes illimitées, pas comme les jours de la vie.

— T'as du bol… Moi, ma grotte souterraine, je n'arrive pas à en sortir.

— C'est déjà pas mal de savoir que tu es enfermée.

— Dans le fric de mes parents, dit Flo, dans mon fric.

— Je n'ai pas de conseils à te donner, dit Jean-Claude, mais fais-le bouffer aux chauves-souris, le fric de tes parents, si vraiment tu aimes la mer… Et si tu n'as pas de chauves-souris sous la main barre-toi… Les voileux n'ont pas un rond, Flo, ils sont tous un peu va-nu-pieds si tu regardes bien, même les grands. Et pourtant ils raquent, et la mer leur coûte la peau du cul. Pas de fric et du fric quand même, toujours à mendier, on est des mendiants pleins aux as. C'est gratuit, la mer, le vent, mais tu n'as plus de quoi te payer un Carambar quand tu arrives à Newport… Et tu l'aimes, ce Carambar… Il vaut tout l'or du monde dont tu n'as rien à cirer… Et il te croit quand tu lui dis : J'ai tout sacrifié pour la mer, pour mon bateau, et toi aussi je t'ai sacrifié.

Puis ce fut Jacques Timsit sur *Arauna IV*. Claire, sa femme, son amour, l'attendait sur le ponton.

Puis ce fut Alain Gabbay sur *Objectif Sud III* qui vint s'amarrer sans moteur, sans bruit, à couple de *Petrouchka*. « Mouette », son amour, sa femme, l'attendait sur le ponton.

Puis deux jours après ce fut…

13

Oui

… Puis deux jours après ce fut Riguidel sur *Nova*, un Riguidel endiablé d'insomnie comme les autres, teint de brique, rasé de frais au tesson d'iceberg.

Ils étaient sur *Petrouchka* lorsque Riguidel les avait rejoints dans le cockpit. Ils buvaient des bières et du pastis de France extirpé sain et sauf des cales d'*Arauna IV*. Ils saucissonnaient à l'andouille de Guéméné, un joyau spécialement convoyé par Gabbay pour l'occasion – un mets des dieux qu'il avait découvert grâce à Tabarly du temps qu'il skippait le *III* autour du monde. « J'ai aussi des caramels conservés dans les fonds. Des caramels au beurre salé, et au gasoil. » Trois jours qu'ils passaient d'un cockpit à l'autre, d'une nuit blanche à l'autre, d'une belle histoire à l'autre, partageant leurs vivres de fortune avec Flo – la fille qui voulait voir la mer à tout prix. La bavette qu'ils taillaient à grand brouhaha taillait et retaillait les cinq dépressions dont la quatrième avait bien failli les envoyer au tapis. L'andouille vint à manquer. Il restait des chips et du Hénaff, et du taboulé maison-bateau pour qui voulait, sans huile, désolé. Et du Nescafé en veux-tu en voilà, une tuerie avec le lait de tigresse ou la liqueur de banane. Lait de tigresse, ouais, mon pote. Rhum et lait sucré mélangé. Claire et Mouette s'occupaient des vaisselles et du linge de leurs hommes, elles avaient donné un coup au ménage. Le soir on allait s'incruster comme on pouvait dans les vins d'honneur et libations offerts par les notables des environs aux hôtes de marque de l'Ostar, gens stylés à cravate et pantalon blanc. Et tant pis si les voileux français passaient une fois encore pour des Gaulois aux manières de cochons.

— Flo, dit Flo, en réponse à Riguidel qui lui disait s'appeler Eugène. C'est vous, enfin c'est toi, le trimaran qui vient d'arriver ?

— C'est moi.

— On hurlait de joie, Eugène, quand on a vu passer ton bateau, on a lancé des fusées… T'as eu les cinq tempêtes, toi aussi ?

— Les cinq, ouais… La quatrième avait les crocs, elle commençait à bouffer mon flotteur bâbord. Je l'aurais laissée faire, elle grimpait au mât, et moi au fond de l'eau… J'ai dû lever le pied.

— Ça m'impressionne toujours, les multi de compète, dit Flo, catamarans ou trimarans. J'aurais peur, en mer, peur de chavirer.

— Ça chavire, Flo, ça chavire très bien c'est nerveux. Tu as vite fait de les mettre sur le toit, ces petites bêtes. N'empêche que c'est l'avenir.

— Qu'est-ce qui leur manque ? dit Flo.

— Rien, dit Riguidel, c'est des avions sur l'eau, des oiseaux. Encore un peu lourds, les nouveaux matériaux sont presque au point… T'as vu, Birch, les merveilles qu'il fait avec ces petits « multi » jaune citron ? On dirait des joujoux de baignoire, mais ça gagne, sur l'océan, et ça plane au-dessus des tempêtes à vingt-cinq ou trente nœuds… Il a le culot d'appeler ça des tortues, « *turtles* »… Tabarly ne pense qu'à ça, lui aussi. Il a commencé par l'avion, tu me diras… Attends que le kevlar des prochains Airbus arrive sur le marché, on va décoller aussi bien qu'eux, je veux dire les avions.

— Tu me feras visiter *Nova*.

— Passe quand tu veux, tu es chez toi.

— Toi aussi t'es le meilleur, dit Flo.

— Peut mieux faire, dit Riguidel. Trop de « près », cette année, trop de bords à tirer.

— Moi trop de « nord », dit Gabbay. J'aurais dû prendre plus « sud » dès le départ. C'est dans le dernier tiers qu'on a une bonne chance de gagner. On se fait semer au début, on n'est pas Joyce, mais on rattrape tout à la fin. On ne perd pas un temps fou en redescendant de Terre-Neuve avec du sud-ouest dans le nez.

— Moi j'ai pété ma drisse de grand-voile dans la quatrième dépression, à mille milles de Brenton, une drisse neuve, et après c'est mon pilote qui s'est rappelé qu'il était d'occase, et me l'a rappelé je ne vous dis pas comment. Le temps que ça passe et que je puisse grimper au mât changer la drisse, et Tabarly en a profité pour me passer devant.

— … Et Colas, Birch, Jaworski, Grossman, tous ils te sont passés devant… Boucle-la, Vieillard, ça t'apprendra à courir sur une cage à poules déglinguée de partout. Toi aussi t'es déglingué de partout, mec… « Place aux jeunes », tu connais ? On t'a jamais dit que t'avais l'air d'une épave ?

— Eh, Jeune, tu sais ce qu'il te dit, le vieillard sur sa cage à poules aux œufs d'or ? T'as vu ce qu'elles t'ont mis les poulettes ? T'as pas vu frétiller leurs croupions pendant tout le trajet, peut-être ? Et dis-moi, un peu, Jeune, quand est-ce que tu les as pas vus frétiller, leurs croupions, à mes poulettes, sur un voilier en course ? Quand t'étais même pas assez près pour les voir à l'œil nu ?

— Question de « *rating* », Vieillard ! Au temps compensé tu peux toujours t'accrocher, j'ai honte pour toi.

Gabbay : vingt-deux ans. Parisis : vingt-huit. Ils s'appellent entre eux « Jeune », ils s'appellent « Vieillard », ils se donnent de faux coups de poing ou des vrais. Ils sont copains comme cochons. On n'entend qu'eux se chamailler, sur les ondes marines, pendant la traversée : « Jeune », « Vieillard », ils n'arrêtent pas. Ils pratiquent la tontine du marin pour les manilles, les outils, le pinard, les raviolis – arrêtons là. Pour le savon, Parisis a réglé la question par le bon sens paysan. Il se lave à l'eau de mer, il se rase à l'eau de mer, se lave les dents à l'eau de mer additionnée d'Ajax WC en poudre, avec ou sans brosse. Ce qui lui fait, dit-il, un sourire décapant. Et l'on peut aussi considérer comme un don utile au marin soigné cette aisance avec laquelle il se ronge les ongles des pieds, en pleine mer, sans autres ciseaux que ses larges ratiches du bonheur (lui aussi, tiens donc… Le bonheur serait-il en chemin ?).

— Tu fais quoi, maintenant ? dit Riguidel. Doigts de pied en éventail ? Tourisme ?

— Déjà, je vais changer de mouillage, dit Parisis. Leurs vingt dollars par jour au ponton, ils peuvent se les foutre au cul. J'ai repéré une « panne » désaffectée, au fond de la rade, on sera très bien là.

— Tu vas talonner, à marée basse.

— Eh bien je talonnerai, dugenou... De toute manière je ne vais pas rester... Trop tsoin-tsoin pour moi, Newport, des prétentieux. Dans une semaine j'embarque une demi-douzaine de stagiaires et retour à la maison, Marseille, Antibes, via les...

« Jean-Claude était un homme puissant, charmant, un grand séducteur involontaire. Aussi marin qu'il était paysan, le même idéal de beauté naturelle », écrivit Flo.

— ... via les Açores et sur la fin une petite escale technique à La Rochelle... À part ça j'hésite... On se ferait bien la Whitbread 77 avec Gabbay, pas vrai jeunot ?... Sympa, le tour du monde par l'Indien. On a un bon plan sur *33 Export*, Labbé cherche des équipiers à la coule.

— Pas sûr qu'en 1977 j'ai encore envie de m'encombrer d'un vieux débris comme toi, Papy. Mais t'inquiète, je t'enverrai des cartes postales où ce sera écrit gros, si t'as une adresse.

— Oh ça va, ce n'est pas moi qui navigue à crédit sur des bateaux de location, je te signale.

« Je me laisse porter en l'écoutant. C'est bizarre en moi. Il n'y a plus de questions nulle part, c'est ouaté, silencieux. À croire que tout mon être se doutait de l'imminence de quelque chose dont je n'étais pas consciente sur le moment, et qui changerait ma vie pour toujours. Et pas à la manière de l'accident auquel j'étais infiniment reconnaissante de ne m'avoir pas tuée », écrivit Flo.

— Et toi, Flo, dit Riguidel qui venait de passer la chemisette à fleurs de Timsit, il désirait la même, tu fais quoi ?

— Moi ? La fac... Des études de médecine. Chirurgie. Première année.

« Parisis fut mon premier grand amour », écrivit Flo.

— Non mais je m'en fiche de ta chirurgie... Qu'est-ce que tu fais dans les prochains jours ?

Les prochains jours flottaient à des années-lumière du calendrier qu'elle s'était fixé en venant à Newport. Et là où ils allaient sans but apparent elle était prête à les suivre les yeux fermés, comme dans la BM.

— Je ne sais pas trop, dit-elle.

— Si tu attends tous les bateaux qui ne sont pas arrivés jusqu'au dernier, tu peux en avoir jusqu'à Noël.

Elle entendit alors, ou lut sur les lèvres de Parisis qui lui parlait entre haut et bas, mine de rien, ces quelques mots qu'elle devait ne jamais oublier et qu'elle citerait dans tous ses livres, bien après qu'elle aurait perdu de vue le cul-terreux magnifique des courses au large, comme on perd de vue ce qui vous est apparu sur la mer comme étant le dénouement d'une anxiété venue d'un autre monde, exhalée par les créatures des rideaux.

— Eh, Flo, ça te dirait de voir la mer avec moi, dans les jours qui viennent ?

Elle regarda Parisis et vit briller l'horizon dans ses yeux. Rien n'aurait pu davantage lui faire plaisir, en ce moment précis, et l'enfant qu'elle serait jusque dans l'hélico argentin répondit machinalement... Vous savez très bien ce qu'elle lui répondit.

14

Dèche

« J'ai bien peur de faire un témoin non crédible, en tant qu'objet inanimé. Pourtant je suis en contact avec la mer jour et nuit – et “par tous les pores de ma peau”, comme on dit chez vous. Quand Flo répondit “oui” à Parisis, l'autre jour, son “oui” était déjà le “oui” d'une fiancée le jour de ses noces, et son “oui” fut entendu par la mer qui l'épargnerait chaque fois qu'elle en aurait l'occasion. Lorsque Flo répondit “oui” dans l'euphorie des clopes et du pinard, à Newport, et dans la joie d'embrasser les victorieux skippers au bout du rouleau, je puis affirmer qu'elle n'était déjà plus là, mais là-bas où elle serait dans les prochains jours en doublant la tour côtière de Brenton, balise intermédiaire, au cœur du passage à travers l'océan gardienne symbolique du retour ou des limbes.

Le soir où Flo vit et doubla pour la première fois la tour de Brenton, en juillet 1976, un orage menaçait d'éclater, noir, sur tout l'Ouest américain. En éclatant il produisit un vent violent, si violent et soudain que les vagues en panique fuyaient en tous sens.

On aurait dit la Méditerranée l'hiver sous l'impact du mistral. Pour Flo nullement dépaysée, l'océan lui faisait présent des météores et des émotions qu'elle avait connus bien des fois sur l'*Argade*, en Corse : une mer folle à lier, un vent possédé, une odeur aphrodisiaque de volcan. On se débinait, grand-voile au bas ris, souffleté par les rafales qui surgissaient de tous les points cardinaux en même temps. T'as voulu voir Vesoul et on a vu Vesoul, hurlait Parisis à l'oreille de Flo. La danse de Saint-Guy dura jusqu'aux pâles heures. Les derniers feux du rêve américain s'estompaient lorsque le ciel remballa ses foudres. Il plut une ondée sans fin, comme à chaudes larmes, un sanglot crépitant qui purifiait tout. T'as voulu voir Honfleur et on a vu Honfleur, chantait Parisis à la barre. Et deux mois et demi plus tard, faisant ses adieux à Flo sur le port d'Antibes, une fournaise, il lui chantait sur un ton différent : "Tu voulais voir la mer et on a vu l'amour… Tu voulais voir l'amour et on a vu la mer, tu…"

Durant la traversée, Flo ne s'était pas éparpillée en vaines contemplations d'intellectuel se demandant par où faire entrer les mots dans sa voix. Et dans ses livres de souvenirs, plus tard, elle ne tenta jamais de bâtir un chapitre intitulé : "Mon premier Océan."

"Les étoiles, le ciel immense, la courbe de l'horizon, le monde sans fin, le murmure de l'océan, la compagnie des dauphins, le souffle des baleines, tout est nouveau pour moi, tout a changé. Je me sens libre et légère. La terre ne me manque pas. Je viens de faire connaissance avec mon jardin secret, mon univers à moi", écrivit Flo.

Quand je vous disais qu'elle bidonnait sa mémoire, Flo, dans les bouquins – et donc la mer par capillarité.

En franchissant avec Parisis son premier Atlantique Nord, Flo la sensitive aux aguets fit la seule chose que la mer attend du marin livré à l'horizon changeant : elle s'attacha de tout son être au bateau qui la portait : moi.

"Moi", c'est un amas d'aluminium, jamais peint, façonné par la volonté d'un malade mental qui voulait voir la mer, lui aussi, ou plutôt la revoir. Il avait coulé un voilier dans le golfe de Gascogne, lorsqu'il en eut assez des bateaux moins forts que la nature, assez d'être repêché par des chalutiers bons princes, et qu'en voyant briller mes feuilles de tôle de 3 × 1,50 aux chantiers de l'ACNAM, à côté du Mans, il se dit : Merci mon Dieu. Et je vis le jour, et je pris la mer.

Flo ne tarirait pas d'éloges à mon sujet, écoutons-la : "Que l'*Argade* ne m'en veuille pas, que *Zoubida* ne s'estime pas lésé en apprenant que j'aime aussi *Petrouchka*, et lui d'un amour océanique. Remarquable, *Petrouchka* l'est par ses avantageuses mensurations. Longueur : 15 mètres, largeur : 4,90 mètres, quille : 3,20 mètres, un aileron viril à souhait, mât..." Flo vous citerait aussi ma solidité. Le jour de mon lancement, j'ai basculé sur le quai de tout mon poids, on m'a cru mort. Deux mois plus tard j'étais au large. Et franchement, talonner à Newport ne m'a fait ni chaud ni froid. Quant à la mer, elle peut toujours s'exciter sur mes tôles, ce n'est pas demain la veille qu'elle m'enverra brouter du calmar. Elle vous citerait ma rapidité : je suis bon dans le petit temps et par tous les temps grâce à Dominique Presles, le père de mon corps d'alu, et grâce à André Mauric, celui de mon corps aérien, mât, voiles, etc. Elle vous citerait pour finir ma féminité.

Je suis très féminin, oui, comme tous les voiliers qui portent des noms de filles, d'ailleurs. Moi c'est *Petrouchka*, le pantin qui se prend pour une nymphette montée en graine. Vous avez remarqué ? Les voileux sont excités par leurs voiliers comme s'ils étaient leurs petites amies, et les mieux foutues qu'ils aient jamais eues. Ils ne se lassent pas de godiller autour de leur bateau au mouillage, en le couvant d'un œil voyeur, l'avant, l'arrière, la voûte, ce déhanchement imperceptible à la flottaison. Lisez Jim Lynch, il vous dira qu'aux États-Unis les laboratoires Pfizer se servent de nous, les voiliers, pour leurs publicités sur le Viagra. On y voit un *lonesome* skipper poivre et sel gober un losange bleu dans le cockpit de son croiseur en pleine mer, comme si c'était l'heure de l'apéro du sexe et qu'une petite érection n'était pas de refus avant d'établir le spi. On est seul en mer, aucune femme à l'horizon, mais vive la gaudriole nom d'une pipe !…

À mon tour de vous parler d'elle, Flo, un marin attachant comme pas deux, un personnage. À Newport, quand elle eut dit “oui” à Parisis, j'ignorais qu'elle allait passer quatre mois à bord, puis deux ans complets, et que telle serait la force du lien entre nous qu'elle abandonnerait tout pour nos beaux yeux, à Parisis et à moi, la fac, ses amis, ses frangins, ses petites raquettes de tennis et ses canassons adorés auxquels elle n'avait plus droit, elle abandonnerait tout même son fric et ses parents. »

Mes chers parents, je suis désolée pour…

« Elle m'a plu dès les premiers mots qu'elle a dits en embarquant : “Qu'est-ce qu'il est beau !” Le cri du cœur d'un marin. En mer, elle manœuvrait, comme tous ceux du bord. Elle s'y connaissait, elle aurait pu se la jouer, mais elle était presque gênée d'en savoir aussi long sur moi. Elle faisait des nœuds que Parisis n'avait jamais vus, comme le nœud de drisse des chaloupes au temps des rois. Elle marchait comme un félin sur le pont, je savais toujours où elle était. La même souplesse dans les mains pour barrer. Elle dessinait des trucs tout le temps sur mon livre de bord et sur son grand cahier rose. Parisis la regardait dessiner.

— C'est quoi ?

— Une rose des sables.

— Pas mal… Et là, cette bestiole verte ?

— C'est ton crayon feutre qui est vert.

— Alors c'est quoi ? C'est bizarre.

— Ça se voit, non, c'est toi.

— On dirait un chat.

— Ben ouais, tu es comme un grand chat que j'ai ramassé à Newport.

— C'est moi qui t'ai ramassée, Mimine, tu traînais sur les pontons en pleurnichant, ton billet d'avion périmé et tout, on connaît ça, elles nous font toutes le même coup.

— Sans moi, tu ne serais jamais rentré à l'*Ida* et…

— … et jamais, ouais, je sais, jamais nous deux. »

Mes chers parents, je suis désolée pour hier soir, je ne voulais pas vous blesser. Mes paroles ont…

« Quand elle est partie, elle a déchiré la feuille illustrée du chat vert et Parisis l'a retrouvée sur sa bannette, dans la soirée, avec un mot dessus, pour lui dire qu'elle l'aimait, toujours au feutre vert. À part ça elle n'aimait pas les feutres verts, ni le vert, ça lui venait des pieds-noirs, de l'Orient, de sa mère et de toutes ces femmes du pays des fatmas. Et peut-être qu'on a tort d'avoir un feutre vert sur un voilier qui ne peut pas ne pas se fier aux présages au milieu des étoiles et du vent. »

Mes chers parents, je suis désolée pour hier soir, je ne voulais pas vous blesser. Mes paroles ont… Oh je ne sais plus ce que j'ai dit, pardon. Quand j'ai une idée en tête, vous me connaissez, je… Ça ne sert à rien d'en parler. On n'est pas d'accord, de toute manière, et il vaut mieux pour cette maison que je…

« Voilà. Elle est descendue sur le quai et elle a soufflé deux baisers du bout des doigts. Un pour moi, un pour lui. Les mots n'auraient rien ajouté. Elle était amoureuse de lui, et je crois bien qu'il était mordu. Mais Parisis c'était comme elle, un amour qui passait par la mer et pas un amour pour se marier à l'église, en laissant l'horizon dehors, un anneau maudit, une alliance dont les parents Arthaud ne voulaient pas entendre parler. Pas avec l'horizon. Pas avec Parisis. Pas un gendre aussi pauvre et miro qu'une chauve-souris du Périgord, si bel aventurier soit-il et si mordu. Elle s'est éloignée sur le quai et j'étais sûr qu'elle reviendrait ronronner dans mon giron, un de ces quatre. »

On lui fit bon accueil, rue de la Tour. On n'osa pas trop la questionner. Depuis l'accident, on avait compris que les enfants restent des enfants, des êtres mystérieux. C'était bien, l'océan ? Génial. Les plus beaux souvenirs de ma vie. Parisis, il est comment ? Complètement dingue, il se ronge les ongles des pieds avec les dents. Il dit que tout le monde peut y arriver. Que c'est une question de volonté. On a vu des baleines, dans le golfe de Gascogne, j'ai croisé le regard d'un baleineau. En fait, les requins, c'est très con… C'est comme les chats, en plus con, ils boufferaient leur sang. Il y avait la BLU, sur *Petrouchka* ? Oui, je sais, désolée, j'aurais dû vous téléphoner. Je pense que la BLU s'était pris un paquet de mer à l'aller. Elle prit plaisir à visionner les diapos du Hoggar, témoins d'un rêve qu'elle se rappelait à peine avoir fait. L'avenir eut l'air de la tenter à nouveau, la chirurgie, va pour la chirurgie. Elle repiqua aux nuits blanches avinées du week-end – perfecto, moto, jamais dodo, le destin se joue sur un sniff de trop ou un coup de volant. Elle fréquentait la fac en touriste appliquée, se demandant ce qu'elle y faisait, la tête ailleurs. Les notions d'anesthésie qu'elle reçut l'intriguèrent et l'émurent.

« La première synthèse de l'éther, attribuée au botaniste prussien Botta, remonte à 1540. Depuis cette époque les libertins associent l'éther à leurs ébats », écrivit Flo.

Elle travailla sur le cadavre d'un cirrhotique, dix-huit ans comme elle.

« La cirrhose fait de l'organe une épave ramollie, cabossée par les plaies, les selles deviennent plus claires, les urines brunissent, problèmes de coagulation. Le binz, sur un voilier ! Qu'est-ce qu'on picole, pourtant, on a tous le foie cabossé ! » écrivit Flo.

Elle apprit à numéroter les abattis des squelettes en commençant par celui du lapin, nomenclature délicate et ramifiée, similaire à celle du bateau classique en bois.

« Le mot lapin étant connu pour attirer des ennuis aux embarcations, j'aimerais bien que ce prof bedonnant sans lèvres nous épargne ce genre de comparaison superflue. Parisis l'aurait massacré », écrivit Flo.

Parisis.

Petrouchka.

La mer.

Au bout d'un an elle crut pouvoir dévoiler à ses parents le monde secret où elle évoluait, consciente qu'elle ne pourrait jamais vivre ailleurs, et que le mensonge d'une vie qui la verrait sacrifier son âme à l'argent familial avait assez duré. Quant à moi je voudrais être une petite souris pour avoir été présent, ce soir-là, créature des rideaux tout ouïe, paupières écarquillées, ne laissant rien perdre des mots prononcés par les parents et par leur enfant après que Flo leur eut dit... Mais qu'est-ce qu'elle a bien pu leur dire qu'ils ne savaient déjà ? Qu'est-ce qui les a mis hors d'eux ?... Qu'elle puisse s'imaginer qu'ils accepteraient pour elle un forban du couple comme Parisis ? Et qu'il viendrait dîner rue de la Tour en charentaises ?... Se ronger les ongles des pieds sur leur canapé ?... Leur demander la main de leur fille entre deux rots bien sentis ? C'était comme ça qu'elle voyait la mer et l'avenir depuis son escapade atlantique avec ce fou ? « C'est comme un second accident, Flo, que tu fais vivre à ta famille, est-ce que c'est ça que tu voulais ? Sache que tu n'auras pas un centime de notre part si tu laisses tomber la fac pour lui. Et qu'est-ce que tu nous chantes avec la course au large ! Est-ce que c'est un métier pour une fille ? Il n'y a pas de place pour les filles, dans ce milieu de cinglés. Et s'il y en avait une ce serait la place du mort, pitié ! La course au large est déjà bien assez inhumaine pour les hommes, il en part chaque année... On les aime, on les admire, on les publie, mais ce sont des cinglés, tous, et personne ne ferme l'œil, chez eux, quand ils sont en mer et qu'ils refusent de s'avouer vaincus, dépassés. » Et créature des rideaux en possession du microfilm de la soirée, épisode violent je n'en doute pas, je vous l'aurais présenté dans ces pages, expurgé ou non, en vous faisant part de mon étonnement pour finir. Si Flo n'a jamais caché son amour pour le skipper de *Petrouchka*, pourquoi n'y a-t-il pas un mot sur Flo dans l'autobiographie du skipper ? Pourquoi l'a-t-il gommée de la Transat 76 ? Pourquoi n'est-elle pas éditée par Jacques Arthaud dans la collection « Mers », l'autobiographie du grand chat vert par qui la suite est arrivée ? « Maintenant va te coucher, Flo, et tâche de dormir, de bien dormir, on se reparle demain... »

Et voici la lettre que Flo déposa non signée sur son oreiller, sous les regards complices de Rod Stewart et Che Guevara.

Mes chers parents, je suis désolée pour tout à l'heure, je ne voulais pas vous blesser. Mes paroles ont… Oh je ne sais plus ce que j'ai dit, pardon. Quand j'ai une idée en tête, vous me connaissez, je… Ça ne sert à rien d'en parler. On n'est pas d'accord, de toute manière, et il vaut mieux pour cette maison que je la quitte avant de la détester. Vous m'avez tellement donné tous les deux, même la mer et surtout la mer. Elle n'a que trop attendu, la mer, je la perds, je perds mon temps, je perds tout. Je suis amoureuse, que voulez-vous !

Il y avait un post-scriptum :

Je pars sur l'impulsion du moment, je n'ai aucun plan.

Elle mentait comme tout bon chrétien.

Un an plus tard elle était clodo à Tahiti. Elle ne se lavait plus, ne mangeait plus à sa faim, couchait sur la plage. Elle n'était pas découragée, mais de sa chance on pouvait dire qu'elle avait tourné, mal tourné. À quelle vitesse le sort vous rit au nez ! Elle avait eu quelques ennuis avec des Chinois, dans une épicerie où elle volait ses boîtes de thon et ses clopes. Ne voulant rien céder sur le plan du sexe, elle s'en était sortie avec un nez sanguinolent et une lèvre fendue. Un soir, elle rencontra quelqu'un sur la plage. Est-ce qu'on peut faire confiance aux gens comme ça ?

15

Rhum

Est-ce qu'on peut faire confiance à l'ennemi ? Confiance aux Anglais quand on est français ? Confiance aux Français quand on a pour maman la perfide Albion ? Le 26 juin 1976, Tabarly remporta l'Ostar, et le *burn out* océanique se fit national au Royaume-Uni. Depuis Surcouf le Malouin, pas un Français, pas un marin français n'avait été honni par les Anglais comme Tabarly. Pas un n'avait fait blêmir Sa Majesté. On avait battu leurs Napoléon, battu leurs Louis à répétition et leurs collabos, tenu la dragée haute à leur Général, à leurs présidents : on la tiendrait à leur Tabarly, *damned* ! On lui reprendrait l'océan qui battait pavillon breton depuis 1964. Breton, *Brittany*, la honte ! Grande-Bretagne on était – petite Bretagne *ridiculous* et petite France allaient se réveiller bientôt les yachtmen de Molière et de Navarre, *yes* ! Et les grenouilles n'auraient qu'à leur chanter « Nini peau de chien » sur les bords de la Seine.

Une révolution menaçait.

En 1977, Tabarly voulut payer son inscription à l'Ostar 80, il envoya un chèque. Retour à l'envoyeur avec le livret du nouveau règlement spécialement conçu pour le décourager lui et ses *Pen Duick* de malédiction : lui et ses compatriotes à voile assez naïfs pour mettre à l'eau des unités qu'on chasserait de Plymouth au premier manillon suspect, premier centimètre illégal, surface ou longueur. Des Français battus d'avance, c'était le coup de pied de l'âne britannique – un nouveau règlement disqualifiant leurs voiliers.

Réponse bretonne ? Une bonne cuite des familles, une interminable cuite entre potes voileux qui savent repousser les limites de leur foie, le cas échéant, et s'achever au rhum agricole du Père Labat (60°) sans trébucher d'une syllabe qui vaille, et sans ricaner des femmes – grands dieux non !

— Le rhum !

— Là-bas !

— L'argent du rhum et des gros pleins de rhum aux Antilles, les pirates, les flibustiers, la voile comme on la raconte et la délire, après la course, à la mémoire de Barbe Noire et Barberousse, les deux, et de Jean-Marie Furic qui planta la flotte anglaise de l'amiral Sims sur les récifs des Glénan.

— La Route du Rhum, mille sabords !

— En solitaire, comme l'Ostar, et bienvenue aux salopards de « rosbifs » !

— À boire, tavernier ! Et trouve-nous des filles ! Des petites Anglaises majeures mais pas trop non plus !

Mettons quelques noms sur les inventeurs de la Route du Rhum dont Éric Tabarly fut directement la cause en dotant son *Pen Duick VI* d'un lest de quinze tonnes à base d'uranium appauvri.

À ces mots je me pose une question. N'est-ce pas l'uranium appauvri lui-même la cause de l'affolement britannique, un matériau inusité entraînant, réaction en chaîne, effet domino, la refonte du règlement de l'Ostar et la disqualification du *VI* ? Et dans « uranium appauvri », le terme actif n'est-il pas « appauvri », tout comme « philosophale » dans « pierre philosophale », deux épithètes auxquelles on prête des pouvoirs alchimiques, l'un pour obtenir de l'or et l'autre pour obtenir la victoire à la voile ? C'est à peu près ce qui s'est passé dans l'inconscient collectif britannique, monde où rôdent les fées celtiques et leurs génies contrefaits, où l'uranium appauvri s'est changé en abracadabra relevant d'une conjuration drastique, sans délai, sauf à perdre la mer comme on perdrait la prunelle de ses yeux.

Les noms.

De Kersauson Florent : financier, ancien équipier d'Éric Tabarly.

Hass Bernard : agent spécial du Syndicat des producteurs de rhum et de sucre des Antilles, chargé de trouver un plan pour aiguillonner le renom des tord-boyaux ultramarins. Surnommé l'as des Hass.

Ils déjeunent entre quat'z'yeux après la grande bouffe armoricaine évoquée ci-dessus.

Ils causent.

H. — Tu sais, Flo, on a dépensé un pognon fou avec « La Poêle d'Or », ce concours de bouffe censé nous rapporter une audience de folie et plein de pépètes.

K. — C'est à chier, ta « Poêle d'Or »… C'est quoi, ce nom ?… « Phallus d'Or » paume déjà du fric à la pelle, au cinoche, alors « Poêle » ! Mets plutôt le paquet sur une course à la voile vers les Antilles, et fais-toi des couilles en or : fais-nous des couilles en or… On gamberge là-dessus avec mon frangin, les Anglais vont manger leur calebar.

Encore des noms.

Etevenon Michel : publicitaire de haut rang, homme d'influence, secrétaire général de l'Olympia près de Bruno Coquatrix.

Kersauson frère, marin, ex-équipier d'Éric Tabarly, Olivier de son prénom.

Ils sont au rhum dans le bureau d'Etevenon à l'Olympia. Ils parlent affaires.

E. — C'est d'accord, on paye tout, on y croit. Et Kriter mettra la main à la poche… On paye pour une première édition, mais le retour sur investissement c'est quoi ?

K. — C'est « moi », bouffon !… C'est « moi » l'investissement. Tu m'as bien entendu ? « Moi » ! Il te faut un voilier sûr de l'emporter, un multicoque à ton nom, *Kriter.* « K » comme « Kersauson ». Avec dessus un marin sûr de l'emporter. « MOI » ! Tu veux que je te dise, Michel ? Je vais te dire… Tiens, commence par rhabiller la gamine, les mouettes ont pied, fais péter le rhum, ton jour de gloire est arrivé, mon grand. *Vaselineless*, les Anglais ! Sec et profond !

Ils trinquèrent. La plus belle course au large du monde allait bientôt s'élancer, née de l'éternelle bisbille entre les deux rives de la Manche.

Quatre-vingt-dix-huit secondes... Il n'en fallut pas davantage à l'ironie du sort, en 1978, pour dessaouler sans paliers la fine équipe du yachting français remontée à bloc, Kersauson(s) et les autres. La « Route du Rhum », en effet. Saint-Malo-Pointe-à-Pitre en solitaire. La « Transat » française, première édition. Ils sont nombreux à participer, de tous les pavillons, même des Anglais. Tabarly ne court pas, mais il donne le départ à coups de canon, « à l'anglaise », devoir sacré d'un parrain breton.

— Vous avez un favori, monsieur Tabarly ?

— *Kriter V*, Michel Malinovsky, le seul vrai marin de la course. Tout le reste c'est de la merde.

— Vous voulez dire que les Anglais engagés ne sont pas des marins ?

— Je pense avoir répondu.

Quatre-vingt-dix-huit secondes dans la vue... Toute sa vie Michel Malinovsky ruminera ces mots fatidiques. Quatre-vingt-dix-huit secondes... C'est l'infime retard de *Kriter V* lorsqu'il passe la ligne d'arrivée derrière *Olympus Photo*, battu par l'Anglais Birch, Mike Birch, l'as infernal du trimaran de poche – le pickpocket de la victoire à l'arrache, avec la foule pour témoin haletant sur le rivage et devant la télé, sur les canots à moteur des badauds. Il n'est pas anglais ? Non, il est canadien. C'est pareil. C'est anglophone, chez lui. C'est *Commonwealth* et *fish and chips*. C'est Sa Majesté sur les billets de banque. C'est la perfide Albion, c'est Trafalgar encore et toujours, tirez les premiers, tas de feignants !

Quatre-vingt-dix-huit secondes !

Dans les mauvaises surprises de la vie, l'ironie du sort est évidemment la pire, qui peut vous saigner à blanc, tout seul. À Tahiti, Flo saigne du nez, mais une belle âme se présenta dans la nuit claire. Une fille. Une Tahitienne de dix-neuf ans, comme elle. Une vahiné.

— Qui es-tu ?

— Flo *bis*, dit la vahiné.

Flo ayant oublié avec les années le prénom typique de la vahiné de la plage, il n'y a aucune raison pour que moi je m'en souvienne, vous pensez bien. Et j'écris « Flo *bis* » comme j'aurais écrit « Paréo » ou « Bora Bora ». J'aime à rêver qu'elle est toujours de ce monde, la belle enfant, aux îles, et qu'un jour elle lira ces lignes, et que d'un crayon azurescent elle remplacera Flo *bis* par son prénom au goût de fleur – en souriant à la vie.

— D'où viens-tu ? demanda la vahiné.

— De Nouvelle-Zélande, répondit Flo. Auckland. Tu connais ?

— C'est loin, répondit la vahiné. Tu viens de loin.

— Tu ne crois pas si bien dire, lui dit Flo, je pense que tu as un don, montre-moi ta main.

Et à la flamme de son briquet, elle regarda la paume de sa nouvelle amie, la première depuis son arrivée en Polynésie.

« À l'approche de Noël, je me débrouillai pour envoyer une carte de vœux à mes parents. Nous avions totalement coupé les ponts depuis ma fugue un an plus tôt. Je crevais la dalle en Polynésie », écrivit Flo.

Quand de bon matin Anne-Marie avait découvert le mot d'adieu sur l'oreiller, mot qu'elle relirait et détruirait aussitôt après, elle s'estima trahie. Ce fut le post-scriptum qui la mit hors d'elle. « Intolérable mensonge », écrivit-elle. « Je n'ai pas élevé ma fille comme ça, écrivit-elle, je ne lui pardonnerai jamais. » Elle fit une croix sur cette enfant retorse, sur son propre sang qui lui donnait mal au cœur à hurler, elle bannit sa mémoire et son nom – ce qui ne veut rien dire chez les pieds-noirs aux fidélités inexorables, comme les oiseaux migrateurs. Flo se trouvait à quelques encablures de la maison chez une copine. Elle ne s'était pas couchée. Elle avait combien sur elle ? C'est toujours la grande question quand on reprend sa liberté. Combien on a dans ses poches ? À la tirette du coin de la rue ? De combien on est libre ? Assez pour le train Corail, calcula Flo. Assez pour rejoindre *Petrouchka* à Antibes. Ensuite elle vivrait d'amour, d'amour fou… Mais Dieu que la mer est belle, et simple la vie.

Et Dieu que la page est libre. Machine arrière, s'il vous plaît, jetons un œil dans le cœur de Flo juste après qu'elle a posé sa lettre sur l'oreiller. Que voit-on ? Les sentiments écorchés d'une amoureuse à laquelle ses parents ont dit « non ». C'est une amoureuse éperdue, révoltée, qui s'apprête à descendre l'escalier à moquette mauve, sur la pointe des pieds, à filer comme un chat à travers le jardin. Nourrie par les sœurs au lait du bien et du mal, Flo, vous pensez bien, ne peut pas avoir bonne conscience à la seconde où elle s'enfuit. Mais telle Antigone elle dit « non » au « non » parental, et ce « non » à vif rejette en bloc les valeurs de l'ordre bourgeois qui veut l'aliéner : les jours ouvrables, les jours fériés, le temps civil, routinier, ce morfal de temps organisé, la retraite, la maison de retraite, une mort bien méritée, bien enterrée, elle aussi cadrée par l'argent – voilà le sinistre bonheur qu'elle refuse d'embrasser en fichant le camp. Elle a un garçon dans la peau, et c'est tout ce qui compte pour elle, cette nuit-là, son mec. Et ce n'est pas à la mer qu'elle veut tout donner, mais à lui, par appétit sexuel, fureur des sens. Patience, petite fiancée, patience, commence par te sauver.

— Et qu'est-ce que tu fais sur la plage, toute seule, la nuit ?

— Je t'attendais, dit Flo.

— Et à part ça ?

— Il fallait absolument que quelqu'un vienne, je n'avais plus de clopes.

— J'ai des bigorneaux, si tu veux.

— Et je crois bien que j'allais rentrer à la nage.

— On est riche, à Tahiti, quand on sait nager.

— Fais voir, tes bigorneaux, copine ? Ça se fume, les bigorneaux ?… Je plaisante.

À Nice, elle avait pris un taxi, puis l'autocar poussif qui desservait les villages de la mer, étapes heureuses d'une enfance qui lui sautait aux yeux à chaque tournant. Saint-Laurent-du-Var, Cagnes-sur-Mer, Villeneuve-Loubet, Antibes, terminus – la mer. Dans son sac de marin elle emportait une trousse de toilette et de quoi se changer, son passeport et ses crayons à dessin, le portefeuille de son grand-père avec des photos, son vieux *Moby Dick* lu à l'hôpital et les lettres de Parisis – accréditation d'un amour plus fort que la vie. Enceinte de lui, elle n'aurait pas été plus confiante et plus détendue.

Parisis l'attendait quand elle arriva sur le voilier, *Petrouchka* l'attendait. Et personne au monde ne savait encore à ce moment-là de quoi elle était capable : de quoi est capable un être humain promis à devenir Florence Arthaud – la fiancée du destin. Ni ses parents ni ses amis parisiens qu'elle ne reverra plus, ou si peu d'entre eux, n'en ont aucune idée. Ni tous ces gens qui se demandent si ça vaut la peine de parier un calot sur elle, sale gosse de riche complètement givrée, bourrée comme un coing à longueur de temps, camée, une espèce de traînée, les parents n'avaient qu'à lui serrer la vis autrefois, à leur enfant, ou la flanquer à l'internat comme ses frères, on s'étonne après, on se plaint... Jean-Marie ? Rien ne peut choquer Jean-Marie de la part de Flo, quoi qu'elle se permette au mépris du conformisme général et des larmes qu'elle fait couler. Petite sœur, petite sœur, nous l'aimons tellement, la musique de la vie. Qui la reçoit comme nous ? Qui nous connaît vraiment ? Petite sœur est portée vers l'horizon par une magie qui la dépasse, elle a dans les mains les lignes qu'elle a, les horizons qu'elle a, et le sort ne lui demande pas son avis.

« Elle va descendre aux enfers, écrivit le destin dans sa main lorsqu'elle était fœtus à peine éveillée, mais d'abord elle aura son lot d'illusions qu'elle appellera bonheur et la mer lui fermera les yeux. »

Sur *Petrouchka*, pour tous, elle est l'amie du skipper, marin comme lui. Le skipper gagne sa vie en vendant la mer à des profanes. Il tient ça de Linski. Des séjours payants, des stages. On vend la mer, on enseigne la mer à ceux qui la connaissent moins bien que nous et qui sont épatés par nos courses au large et nos océans. On leur vend des tempêtes, on leur vend du sextant, du livre de bord, des balises à ne pas louper et des yeux déchirés par le soleil, on leur vend des mouillages forains et des nuits à dégueuler en plein mistral, on leur vend de la trouille et des cauchemars dont ils nous supplieront de ne jamais dire un mot, on est riche de leur ignorance, de leur pétoche, de leurs mensonges et de leurs baises adultères en famille, on leur vend du soleil et les soleils de la nuit, et quand ils débarquent ils n'ont plus qu'à changer de vie pour être les rois du pétrole, eux aussi, les rois d'un horizon rien qu'à eux, un trésor qu'ils iront chercher ou pas sur leur propre voilier. Ils veulent tous faire le grand tour, aujourd'hui, cap Horn et compagnie, tous partir en mer. On leur vend les Baléares et la Corse, Espalmador et l'archipel du Frioul, on leur vend le grand tour du rêve autour de la Méditerranée rêvée par Ulysse et ses potes, les rois des rêveurs innocents. On est les mercenaires de l'innocence, nous, Flo, sur le meilleur des voiliers, et tu seras payée comme tout bon marin quand il peut cracher son mollard sur le butin en disant : C'est à moi… Tu as un job, Flo, tu es marin et tu peux cracher, ma belle, je t'aime.

Ça l'épate, le skipper. Elle avait dit qu'elle viendrait : elle est là. Elle a tiré un trait sur le passé comme il a fait lui. Elle est majeure, au moins ? Dix-neuf ? Alors ça va… Ça va, Flo ?

Et comment ça n'irait pas ? Ses parents, sa maison, l'argent, la fac, la chirurgie, ses week-ends de barge, ses fringues, les potes, les cousins, la belle vie, la sécurité, elle a tout envoyé balader par amour… Pour un fou furieux qui lui a montré l'océan. La belle et la bête, il y a de ça. Aussi fauchés l'un que l'autre, mais riches comme tous les amants. Ils ont une 2 CV, une chambrette sur le port au-dessus de l'esthéticienne, un bar de l'amitié pour chanter la mer au coin du zinc. Ils ont la mer et *Petrouchka* sur la mer, le tout bagué par l'horizon bleu ciel avec leurs deux noms gravés à l'intérieur. Est-ce qu'ils s'aiment ? Vaste sujet, l'amour, le couple. Vaste comme la mer et comme un voilier. La promiscuité, l'intimité, le quotidien. Sans pause ni retrouvailles, sans les « Tu m'as manqué » des éloignements soupapes, la « brafougne » s'empare de l'oreiller. En appartement, déjà ! Mais en bateau ! Est-ce qu'on est fait pour vivre non-stop avec son amour fou ? Le confinement récent nous a posé la question, et voilà bien longtemps que la mer fredonne au gré du vent joli : « Pas de matelot fendu à bord. » Un adage de marin que Parisis s'amuse à citer avec un clin d'œil. Il n'est pas macho, pourtant, il est skipper.

Alors, Flo, ça va ? Eh bien ça dépend. Quand elle pense à la rue de la Tour, non, ça ne va pas fort. Elle pleure et elle se dit qu'elle n'est pas la seule à pleurer, qu'ils ont déjà beaucoup pleuré, chez elle, après l'accident… Elle ne sait même plus ce qu'il y avait dans le mot. Est-ce qu'elle a donné son adresse, au moins ? *Flo*, *Petrouchka*, *Antibes*. Elle est sans nouvelles, en tout cas. Si c'était à refaire elle referait la même chose, elle choisirait sa vie. Du chagrin elle en a, des regrets non. Alors ça va, ça ne peut pas aller mieux. Et l'amant dit pareil, ça va super, ils sont heureux avec ce qu'ils ont, l'amour, la mer, la chambrette, les potes, la 2 CV. Et bien sûr l'avenir.

On la voit comme au cinéma, la 2 CV du bonheur, on l'a vue mille fois. Un personnage, la 2 CV, une caisse à roues flagada, increvable, un moteur geignard qui vous radote sa vie. Elle en a trimballé, des bonnes sœurs et des étudiants, des visiteuses de prison, des chanoines et des bibliothécaires. Et maintenant ce fou de mer et sa copine de Paris qui gazouille au volant, pieds nus comme Françoise Sagan. Ah voici Flo levée au chant du coq, les charentaises de son mec aux pieds, elle porte un vieux tee-shirt à lui (le genre qui vous fait la semaine, l'odeur). Pas très coiffée, Mimine, ce matin, des petits yeux. Elle claque la portière, tourne la clé, la tourne deux fois, trois fois. Ben quoi, Mimine, qu'est-ce que t'as ? T'as froid ? Attends voir le starter…

Mimine, c'est Flo, c'est aussi la 2 CV, c'est l'amour. Elles vont à la fougasse, au pain, aux olives chez l'Arabe du port. Ah mais dis donc, t'en fais un bruit, tu vas réveiller le quartier ! Après l'Arabe – c'est *Petrouchka* pour la toilette en grand des fonds qui sentent le chacal avarié.

Elles arrivèrent à la marina, Parisis nu comme un ver se lavait à la manche à eau du ponton.

— On a paumé le pot d'échappement.

— À part ça t'es bricoleuse, Mimine !

Flo le rejoignit sous le jet glacial :

— Eh, mais tu prends toute l'eau !

De Parisis, Flo dirait plus tard « mon Skipper et mon Maître »… « Skipper », « Maître », Jean-Marie l'était déjà pour elle, sur le *Zoubida* comme dans la vie. Skipper de la mer et des neiges, skipper de la bringue, skipper de la nuit défendue. Flo, à dix-neuf ans, est donc une amoureuse obéissante et qualifiée pour la mer et la ville, incollable sur bien des points. La manœuvre, le quart de nuit, la mécanique, la vie à bord, l'impro, le dernier verre, elle en connaît un rayon. Pour tout ce qui est voile et réglage, elle peut en remontrer à Parisis : cinq ans de mer à son actif, et vingt-cinq de bétail et labour périgourdin. Que va-t-elle apprendre avec lui ? Rien sur la théorie pure, et tout sur le plan métaphysique de l'homme et du milieu marin dont il attend la vérité – « sa » vérité, « son » impossible vérité. Elle apprend sur le tas la violence, elle apprend la dureté. Un deux-en-un baptisé par les voileux de course : « adrénaline ». Zéro mode d'emploi, zéro notice, on prend son pied dans la douleur. Qu'est-ce qu'un orgasme ? Un coup de couteau ? Une mâchoire fracassée par les phalanges durcies d'un poing fermé ? Et qu'est-ce que la mort livrée clé en main sur le voilier par une mer aux yeux si bleus, si doux qu'on en sourit d'absolution ?

Catherine Chabaud écrit : « Je vis le sommet du mât disparaître dans la mer et le bateau lui-même fut invisible durant plusieurs secondes. Je fus d'abord émerveillée par la beauté de l'eau d'un blanc de neige, avec du bleu intense et du turquoise. Je me suis dit : C'est moche, de finir sa vie à trente-quatre ans. »

Isabelle Autissier écrit : « Les nuages butaient contre la mer, la mer contre les nuages, le tout formant une masse grise et blanche à cause des vagues, une chose hurlante, terrifiante. »

Jean-Claude Parisis écrit : « Il arrive que deux vagues se rencontrent et forment une pyramide aux pentes abruptes. Il suffit de passer à l'endroit où ce phénomène se produit pour avoir quelques désagréments. J'ai eu le cas en Méditerranée sur *Petrouchka*. Outre les manivelles de winch, la pression de l'eau a suffi à arracher la plaque d'immatriculation du bateau fixée par quatre rivets dans le cockpit. »

Alain Colas écrit juste avant d'être effacé corps et biens par l'ouragan : « Il n'y a plus ni mer ni ciel, j'entre dans le noir. »

Au demeurant tous les marins filent doux pour évoquer les « basses pressions » des confins antarctiques, deux mots qui rendent humbles et concis.

Sur *Petrouchka*, Flo découvre le jusqu'au-boutisme d'un voilier confiant « qui passera ou cassera ». Ça « brafougne » ? On fait marcher. Que les autres réduisent : on envoie le spi. On part en surf latéral sur le miroir à perte de vue du rouleau tonitruant qui vous a chaviré, mât dans l'écume ? On fait marcher tant qu'on n'est pas mort. On est mort de fatigue ? On fait marcher, on surveille le speedo. Flo s'accroche au speedo. Le speedo gagne du temps sur le temps, sur les millénaires, il fait marcher. Il donne un sens aux battements du cœur, il supprime le temps.

16

Entre Gonzesses

C'est en septembre 1977, à la Cala Vadella, un mouillage de lune de miel aux îles Baléares, que Parisis fit part à Flo d'une chance qui lui souriait.

— Dommage que tu ne puisses pas venir à Capetown avec moi.

— Tu pars à Capetown ?... Le Cap ?... En Afrique du Sud ?

— Mais oui, en octobre... Je rejoins Alain sur *Raph*, je veux dire *33 Export*. On va faire ensemble la deuxième étape de la Whitbread. Capetown-Auckland. Et sans doute la troisième, Auckland-Rio, je verrai. Ça dépendra des stagiaires, de toi. Ça me botte, le cap Horn. Il y aura aussi Michel avec nous, Michel Horeau... Rien que des skippers bien affûtés et quelques gaziers à la coule.

— Et pourquoi tu dis que je ne peux pas venir ?

— C'est à la mer qu'il faut demander ça, Mimine : « Pas de matelot fendu sur les bateaux », tu sais bien. Gazelle oui, gazière non... C'est de ma faute, peut-être, si tu n'as pas ce que j'ai entre les jambes ? C'est moi qui l'ai créée, la gonzesse ? Vous ne voyez pas, le bordel que vous foutez à bord, avec vos petits culs ?

— Je fous le bordel, moi, sur *Petrouchka* ? T'en as marre ?

— Tu vois, matelot, tu t'excites... Alain veut gagner, Flo, battre *Flyer* et toute la clique, *Disque d'Or*, *Gauloises*... Il est sponsorisé pour gagner, il doit rendre des comptes à des petits hommes gris. Déjà qu'il leur a fait changer le gréement du *33*. Il veut mettre toutes les chances de son côté, normal... Et puis t'es trop belle qu'est-ce que tu crois, trop canon ! Écoute-moi, s'il te plaît.

Pour la première fois depuis quatre ans, il allait se séparer du voilier qu'il adorait, son bien le plus précieux. Il ne se voyait confier *Petrouchka* à personne, excepté Flo qui l'adorait d'ailleurs autant que lui. Les stagiaires ne se bousculant pas cet hiver, elle pourrait s'en servir à sa guise ou le désarmer jusqu'au printemps.

— C'est moins cher, le désarmement, et il y aura tous les copains pour t'aider, t'inquiète... On se joindra par le PC course.

Un programme de rêve, c'est sûr, la mise au sec d'un grand voilier hors saison, comparé à la course autour du monde à la voile par les trois caps des tempêtes : Bonne-Espérance, Leeuwin, Horn, et par leurs trois océans mangeurs d'hommes.

— Je serai de retour, allez, dans cinq ou six mois. Et si Dieu le veut j'aurai gagné la Whitbread, Mimine, on sera riches... On pourra changer nos voiles pourries.

Et lui, alors ? Qu'est-ce qu'il croyait, lui, lorsqu'elle le conduisit en 2 CV à la gare d'Antibes avec tout son barda ? Qu'elle était sa groupie bête et disciplinée ? Sa Pénélope ? Et qu'elle allait gober la lune en triturant son mouchoir ? Broder inlassablement des rideaux ajourés pour un voilier monté sur ber dans un terrain vague fouetté par le mistral ? Et cetera ?

Fin novembre elle eut des nouvelles du *33*. Ils avaient doublé la Tasmanie, ça pédalait fort dans le gros temps. La bête avait bien marché, sacré bestiau, ils pensaient toucher terre le… eh bien ça dépend du vent, Mimine… Et toi, ça gaze ?…

Le 23 Mimine prenait l'avion pour Auckland et le 25, surprise, elle rejoignait son maître et skipper à la *Brasserie Bavaroise* tenue par un Français d'Indochine. Joie des retrouvailles, libations, repos du guerrier.

— On l'a dans l'os au « réel », mais on peut se rattraper au « compensé »… Ça se joue en ce moment… Ça ne va pas ?

— Super… Il le connaît, Alain, ton vieux dicton à la noix du « matelot gonzesse » ?

— Ne commence pas, Flo. Mouette est la seule fille à bord du *33*, et c'est la nana du skipper. Et c'est Alain qui a monté le projet… C'est grâce à lui qu'on est tous là, bière à volonté, restaus, hôtel sur le port.

— Moi aussi je suis la nana du skipper.

Auckland 1977, en ces heures grandioses de Whitbread, c'est la fête des rois façon *old England*. Brittania reçoit la mer en frac élisabéthain, perruque poudrée, elle a sorti chevaux noirs et landaus d'apparat. Tout le monde est Roi, sur les quais fleuris, Majesté. Les océans sont rois, les voiliers sont rois, et rois les voileux non fendus qui se laissent tomber dans les bras des filles tourneboulées, et reines ces tempêtes de vin qui succèdent à la mer dans les tympans et sous les pieds exténués, et couronne des rois l'horizon parfait. Aucun naufrage, aucun deuil. La fève, c'est pour qui ? Pour *Flyer* en temps réel, pour le *33* arrivé premier en temps corrigé devant *Gauloises* et *Neptune*. Vive Gabbay ! Vive Parisis ! Vive le chéquier des sponsors !

Un mois d'amusement et de repos, de préparatifs ; la course reprenait la mer après Noël, le 27, cap sur le Brésil.

Arriva, divine surprise, le merveilleux *Pen Duick VI* et son merveilleux chef venu disputer l'étape Auckland-Rio… Les Français trinquent à leur santé, les autres sûrement pas, *certainly not* ! Ça « brafougne », chez les Anglais, ça vous fait un *shit* hypernerveux. On n'en veut pas, dans la Whitbread, *my God* ! de ce héros narquois refusé par l'Ostar 80 pour cause d'uranium appauvri dans son lest. Exit l'uranium, exit le *VI*.

« Il y avait à bord les frères Poupon, Jean-Louis Étienne, Jean-François Coste et Titouan Lamazou, tous jeunes et jolis garçons », écrivit Flo qui s'en fit des amis pour toujours – et pour certains des amis chers.

Noël approche, il fait chaud ; on ne parle plus que du cap Horn sur les pontons, des rages bleues du Pacifique après les rages noires de l'Indien. Flo vit depuis un mois sur le *33*, elle fait partie du *33*. C'est à bord du *33* qu'elle se voit repartir d'Auckland, nana du skipper elle aussi. Dans son sac de mer, fille organisée, elle a mis bottes, ciré, pulls, et couteau pliant fétiche offert par Jean-Marie contre une pièce jaune. Elle attend juste le « oui » décisif du skipper et maître, elle s'en ronge les sangs.

Il dira « oui ».

Il va dire « oui ».

S'il ne dit pas « oui », c'en est…

Le 27 à midi, la course repart au son du canon, sur le ring de la baie c'est l'invasion des spis armoriés. Un matelot fendu sanglote sur le quai, ses bottes roses aux pieds. Il n'applaudit pas, ne voit pas les grands voiliers s'élancer au coude à coude vers l'océan. Au diable, le *33* ! Au diable, Parisis. Il déplierait son canif, pour un peu, se trancherait les nattes et les jetterait à la mer.

C'est en imaginant son canif déplié que Flo forma un vœu comme les speedos s'acharnent à les exaucer. Un vœu si génial qu'elle…

— Les vœux doivent rester secrets, dit la vahiné, lui posant un index pulpeux en travers de la bouche.

— Je sais, dit Flo, tu as raison, chut !… Mais je peux jurer sur tes bigorneaux qu'il se réalisera bientôt, mon vœu, et que tu en entendras parler…

Elle fouilla dans sa poche :

— Cinq francs, d'après toi, mes derniers cinq francs, c'est assez pour aller boire un coup de rhum entre gonzesses ?

17

Non !

« Quelque part existe un monde où j'aurais pu m'intégrer. » Flo n'écrivit jamais ces mots. Au bout de combien d'horizons durement gagnés se serait-elle dit : Un monde où l'on peut être soi, qui suis-je sinon moi ? Un monde où l'on peut aimer sans être jugé. Où l'on peut rire sans aller en prison. Où l'on peut rêver sans être pendu. Un monde où les humains et les dieux sont pareils, et ne saignent plus pour se comprendre mieux. Un monde où l'on n'a pas honte, pas peur, un monde sans larmes et sans cris. Un monde où les voiliers font voler en éclats le miroir des tempêtes, et pénètrent sains et saufs dans la vérité bête comme chou. Un monde où l'argent ne détruit pas la mer et ceux qui n'en ont pas. Un soir, à l'île de Wight avec Jean-Marie, elle s'était dit en écoutant Jimi Hendrix chanter l'amour devant la mer : Un monde où l'on peut danser toute la vie, toute la nuit, un monde où le monde est une île heureuse et la musique un océan natal. À Tahiti, pauvre à ne plus voir clair, malheureuse à tomber, elle avait dansé toute la nuit avec la vahiné dans la fièvre du rhum et des rires, et le parfum lancinant des fleurs, et l'aurore s'allumait quand elle avait dit : Écoute-moi bien, vahiné, un monde où les vœux se fichent bien du secret bidon qui les met sous cloche, un monde où le mensonge a tort, alors écoute-moi…

… Le monde selon Flo.

— Non, Flo.

— Si, papa !

— C'est non.

— Si !

Il s'est passé quelque chose, on dirait, un heureux hasard. On ne l'entend pas de cette oreille en écoutant piapiater ainsi le père et la fille. Il est rouge, elle se mord la lèvre inférieure, comme elle fait toujours avec lui quand il dit non. « Non » et « oui », c'est comme l'entrée du port de Sainte-Maxime, pour Flo, deux mots entre lesquels on parvient toujours à se faufiler quand on a le sourire qu'elle a, la chevelure, le bol. Il suffit d'être patiente, avec papa. Et surtout de ne pas avoir l'air de supposer qu'on finira par l'entortiller au béguin. En fait, ils sont deux cœurs gros comme ça, deux tourtereaux père et fille, aussi larme à l'œil l'un que l'autre.

— C'est non, Flo, et quand je dis non…

— C'est non, papa, oh je sais. Mais si je me permets d'insister…

L'heureux hasard dont j'ai parlé fait la jonction avec le piteux hasard, ou plutôt la nécessité dont Flo fut un moment l'otage après ses adieux déchirants au *33 Export*, sur le port d'Auckland. Un « non » sans réplique, celui-là, un « non » qu'il ne risquait d'exporter au paradis ! Antibes, après ça ? La case papa maman, toute honte bue ? La case *Petrouchka* ? Rouille donc, voilier d'amour, sur ton ber branlant ! Rouillez, cliquets de winch, clavettes, haubans, crapaudine, boulons, cosses, ridoirs ! Pourrissez, presse-étoupe, drisses, écoutes, grand-voile et voiles d'avant dans vos sacs raccommodés par mes mains. Crève, moteur que j'ai vidangé en partant, crève sur tes silents blocs fendillés. Installe-toi, corrosion chérie, dans tous les contacts électriques des cadrans et des pompes. Allez-y, souris, rats, lâchez-vous dans les placards et sur les coussins déjà bien attaqués, bouffez les joints du frigo, conchiez les *Instructions nautiques* et les marshmallows planqués avec les jumelles dans l'équipet. Agonise, mon tendre voilier d'alu qui m'a sauvé la vie mille fois. C'est avec ton lâcheur de skipper et maître qu'il faudra t'expliquer un jour, mon épave adorée, s'il daigne rentrer du cap Horn et verser un pleur de désolation sur tes restes empuantis grâce à mes vœux.

Bref, elle était partie faire un tour aux « îles nombreuses », en Polynésie, 2 200 nautiques environ à l'est d'Auckland. La porte à côté : on ne change pas d'océan, les avions vous expédient ça en un minimum de temps.

Avec quel argent, l'avion ? Un grand mystère, Flo et l'argent. Elle en a ou elle n'en a pas ? À Auckland, elle est sans un sou, on la croit. Elle a son ticket de retour en France, entendu. Elle est prête à le refiler aux albatros affamés du cap Horn, soit. Mais voilà qu'inspirée par le mal d'amour, elle va se ressourcer en Polynésie, là où c'est pur, où Moitessier vient retremper son âme endommagée par la fréquentation des Occidentaux. C'est payant, ces petits sauts de puce par-dessus les mers, à la vitesse du son. Pour les avions, on dirait qu'elle se présente au comptoir d'enregistrement, qu'elle dit entre haut et bas : « Arthaud », pas davantage, et que d'un battement de cils l'hôtesse rougissante lui fait signe de passer.

Ainsi le voyage Roissy-Auckland, via Bruxelles et Anchorage.

Auckland-Tahiti.

Tahiti-Roissy après la disette intégrale sous les tropiques, la vahiné à bigorneaux et les ukulélés des beaux îliens musculeux sur la plage.

« Arthaud », battements de cils, passez.

Et récalcitrant, peut-être le bel argent frais des tirettes ne l'est-il pas moins qu'un 747 sous pression, avec Flo. Postée devant l'écran digital aux lueurs tamisées, peut-être n'a-t-elle qu'à murmurer « Arthaud » pour que le distributeur distribue – pour que Sésame batte des cils et que l'argent soit. Elle est constamment sur la paille, soi-disant, ayant choisi la bohème, mais cachée dans la paille on a l'impression qu'une petite poulette murmure « Arthaud », à l'instant critique, et qu'un œuf d'or se met à briller.

À Roissy, personne ne l'attend. A-t-elle prévenu quelqu'un qu'elle rentrait ? Personne. Elle prit la navette de l'aéroport et partit se réfugier chez la bonne âme qui l'avait accueillie lorsqu'elle avait quitté sa future ancienne vie, un an plus tôt.

— Ils ne veulent plus me voir, dit-elle à sa copine, au quatrième étage d'une tourette médiévale de l'île Saint-Louis, pied-à-terre historique de Bernard Palissy. Ils n'ont même pas répondu à ma carte de vœux. Je n'avais pas mis d'adresse, tu me diras.

— Qu'est-ce que tu vas faire ?

— Voir si la nuit porte conseil, dit-elle en rouvrant les yeux. Puis elle les referma. Elle rêva du silence de la mer et des bigorneaux, elle entendait le gratouillis des ukulélés.

Elle était plus ou moins habillée en vahiné, parfumée au *Pour un homme* de Caron, l'eau de toilette des avions français long-courriers, une cocotte à la vanille. À dix-neuf ans elle avait fait le tour du monde entier, mais pas en bateau, pas en voilier. Et des choses à voir il lui en restait quelques-unes. En mer, en amour en amitié.

Maintenant voyez le touchant tableau qui s'offre à nous à quelques jours de là. Dans les remugles des peintures au monoxyde de plomb, déjà controversées par les vertes associations, sous les prodigieux arceaux du palais du CNIT où les grands voiliers exposés font office de gratte-ciel, leur quille beurrée d'antifouling toxique, écrasant les acariens des moquettes acryliques, ce sont Anne-Marie et Flo déchaussées toutes les deux, éperdues de larmes brûlantes, embrassées et bercées par la joie, se fichant bien du public autour d'elle : « Maman ! — Flo ! » Elles viennent de se croiser par hasard à la nocturne du salon nautique, au pied d'un *Mikado* cerné par les souliers des visiteurs, et la brouille autrefois jurée pleure à l'unisson, pleure de joie.

— Mais que tu es maigre, ma pauvre chérie, mon petit chat. Viens dîner à la maison, j'ai fait de la blanquette.

Flo revit son père, elle revit ses frères, elle revit sa chambre. Dans sa chambre l'attendaient Rod Steward et Che Guevara. Et une tonne de courrier qui lui fit lever les yeux au ciel.

Elle revit ses chaussons côte à côte, sous les rideaux. Et côte à côte les créatures des rideaux.

Ces retrouvailles de la vie qui va, et porte conseil de jour en nuit, lui semblèrent de bon augure, un don du ciel pour son vœu top secret qu'une fille des îles sans nom avait entendu chuchoter au clair de lune.

Top secret ? Le larron sait très bien quand l'occasion lui dit : Fonce, vas-y. Le larron ne serait pas larron si le qui-vive s'émoussait chez lui. Pour ses obligations militaires, Jean-Marie fut affecté aux Antilles (Pas à « Klagenfurt », notez bien.) Lui aussi n'avait qu'à dire « Arthaud » pour que l'état-major se mît au garde-à-vous. Il n'y a plus qu'à faire convoyer l'*Argade* là-bas, se dit le sportif et généreux Jacques Arthaud. Non seulement nous pourrons caboter dans les îles avec Jean-Marie, mais nous porter à la rencontre de la première Course du Rhum. (Probable qu'il se dise aussi : Aventuriers de race à glaner pour ma collection « Mers », y a bon !...) Mais qui va convoyer l'*Argade* à Pointe-à-Pitre ? Quel marin compétent voudra bien amener leur joli croiseur familial dans les eaux caraïbes ? À temps pour novembre 1978 ? Ce serait chouette pourtant : on passerait Noël en famille outre-mer. Ah si je n'avais pas autant de boulot !

— Fonce, vas-y !

Voilà deux heures qu'ils buvaient du rhum à *La Rhumerie*, boulevard Saint-Germain, et que Jacques Arthaud disait « non » et que Flo disait « si » : Si, papa, je suis parfaitement capable d'amener l'*Argade* à la Guadeloupe. Je sais très bien ce que tu penses de... tu sais très bien qui, mais c'est un excellent marin et il m'a fait naviguer à la dure, en Méditerranée, tu n'imagines même pas… D'ailleurs on a traversé l'Atlantique, je te rappelle… Non, disait le père avec des petits sourires gênés aux éditeurs du quartier qui passaient, englobant père et fille dans un regard entendu, non, Flo, tu n'y connais rien. Tu crois t'y connaître, tu es inconsciente… Tu ne connais pas Gibraltar, tu ne connais pas la violence de la mer et des courants sur la côte marocaine, l'énormité des rouleaux, tu ne te rends pas compte que les eaux sont truffées de chalutiers complètement dingos, par là-bas, et qu'ils te rentreraient dedans sans même s'en apercevoir. La veille, c'est vingt-quatre heures sur vingt-quatre qu'il faut l'assurer, c'est prévu par le Code maritime. Tu te vois l'assurer, toute seule ? Bien sûr que non, laisse-moi terminer, tais-toi ! Et ce n'est pas parce que tu as été transportée par un zozo soi-disant skipper à travers l'Atlantique, sans être assurée, avec une météo comme on en voit deux par siècle, que tu peux t'improviser skipper de haute mer et me demander l'*Argade* pour cette expédition. Ce serait de l'infanticide, si j'acceptais, de l'infanticide volontaire, on nous enfermerait, ta mère et moi, tes frères nous renieraient, tu m'énerves !

Maintenant finis ton verre et allons-y, Flo, ils ont tous l'air de penser que j'ai une maîtresse, cette bande de tordus d'éditeurs parisiens… Si tu n'avais pas toujours des fleurs dans les cheveux, aussi… En plus je te soupçonne d'avoir une petite idée derrière la tête, je me trompe ? Regarde-moi. Tu n'essaies pas de mijoter quelque chose, avec la Route du Rhum ? C'est par hasard que tu m'as donné rendez-vous ici ? Ta mère ne m'a rien dit, mais je te connais, ma grande, et je t'ai déjà vue à l'œuvre… Bien sûr que tu veux aller retrouver Jean-Marie aux Antilles, ton cher bidasse de grand frère, et bien sûr que ça m'attendrit... Mais les organisateurs de la Route, tu n'iras pas les voir aussi, peut-être, à la marina ? Etevenon et les autres ? Tu n'iras pas tournicoter, faire ta souillon débraillée sur le port, avec tes yeux de biche ? Ta pauvre petite chose anonyme qui n'a plus que la mer au monde, son amour de la mer, et le désir de courir avec les grands ?... On en a déjà parlé, Flo, en 1976, à Millbay Docks, de la course au large pour une femme, pour toi... Raison de plus pour te dire non !

Le premier soin de Flo quand elle arriva aux Antilles, excitée comme une puce, fut de se trouver un point phone et d'appeler son père en PCV pour lui dire merci.

— Il fait nuit chez vous, mais je sais que tu ne dors pas, tu dormais ?

— Non.

— Ça s'est super-bien passé, papa, mon amour de papa. Le bateau est nickel, on a mangé plein de poissons volants, et tu ne peux pas savoir comme je suis heureuse, comme j'ai hâte de vous voir.

— Tu m'en bouches un coin, Flo... Appelle ton frère, tiens-moi au courant.

— Ouais... « On » a bu tout ton whisky.

« On », j'y viens.

Le « Si » filial n'avait prévalu sur le « Non » parental qu'à partir du moment où Flo s'était rangée à l'évidence qu'elle n'y connaissait rien, aux périls de l'océan : rien aux courants, rien aux brumes, rien aux rouleaux qui d'une pichenette envoient les cargos valdinguer sur la plage. Dans l'incapacité, comme disait papa, d'assurer la veille en permanence, et d'éviter le chalutier qui ne manquerait pas de lui arracher l'étrave, elle était d'avis d'embarquer avec elle un équipier compétent, agréable à vivre, en qui son père aurait toute confiance et elle aussi. Choisis-le toi-même, d'ailleurs, papa, à qui penserais-tu ? C'est ton bateau, je suis ta fille, et tu t'es fait assez de mouron comme ça. Que dirais-tu de Marc ? Déjà c'est mon cousin préféré, il est drôle, il s'y connaît, et tu l'apprécies beaucoup. On ferait la Méditerranée ensemble, on passerait Gibraltar, on serait deux pour mieux parer les chauffards qui bourrent la mule sous pilote, et Marc débarquerait aux Canaries. Je ne te cache pas que je préfère être seule pour finir la traversée. J'aimerais voir si la solitude en mer est mon truc ou non. Si c'est mon truc, si j'arrive à passer plusieurs jours en tête à tête avec moi-même sans balancer par-dessus bord cette petite chieuse, je vous le dirai, à toi et à maman. Je me laisserai tenter par des projets, peut-être, on n'y est pas. Ce sera un test pour moi et pour vous. Et puis c'est un boulevard, l'Atlantique, entre les Canaries et les Caraïbes, il y a de l'espace, on peut s'entraider entre bateaux. Mais c'est toi qui as raison, papa, comme toujours. Je ne m'en serais pas sortie, seule, à Gibraltar… Tu connais, toi, là-bas ? Tu as déjà fait le détroit ?

Et tout s'était très bien passé avec Marc le cousin voileux, celui-ci ravi d'escorter sa cousine à travers les chalutiers maladroits. Belle balade, déjà, Toulon-Ténériffe… Pas un sou, avait dit son père à Flo, espérant la dégoûter jusqu'au dernier moment. Marc n'ayant pas un sou non plus, on s'était débrouillé avec les moyens du bord.

Tu as combien, j'ai combien, ça fait combien ? On n'ira pas loin avec ça, bouffe, clopes, gasoil, restaus. Arrivés démunis à Tanger, dix milles au sud de Gibraltar, la rive africaine du détroit, cousine et cousin avaient découvert le filon qui faisait les beaux jours de la pègre américaine au temps de la prohibition : l'alcool, le trafic de l'alcool. Vous voulez de l'argent facile ? Soyez dealer. Soyez-le discrètement. L'alcool est aussi méchant que la mer avec les dealers négligents. Ils avaient commencé « petit » en fourguant dix fois son prix la caisse de douze bouteilles de J&B sanglé dans les fonds du sloop par Jacques Arthaud pour ses fêtes de fin d'année. Tu as combien ? J'ai combien ? Assez pour aller racheter du whisky à Gibraltar et revenir l'écouler dix fois son prix à Tanger. Dealer, oui, c'est un bon job. On est libre, avec ça. On peut se payer le « couscous royal » chez les Arabes avec une ou deux *boukha* pour finir, et la discothèque après. Merci papa.

Contrairement à ce qu'il imaginait en coupant les vivres à sa fille, c'était lui Jacques Arthaud qui finançait l'impossible croisière à la Guadeloupe, lui qui régalait. Ce dont il se douta quand Flo lui eut annoncé la volatilisation du J&B. Comme si Marc et elle s'étaient assidûment nourris au pur malt fermenté durant leurs quarts de nuit d'alerte aux chalutiers. Toujours au téléphone avec Flo – lui trois heures du matin, elle neuf – il lui remémora la règle de bonne intelligence qu'ils s'étaient fixée avant le départ : il ne mettrait pas un centime dans la Route du Rhum, s'il était vraiment dans ses intentions d'y participer. Elle pourrait faire des pieds et des mains, ce serait :

— Non, Flo ! Et quand je dis non…

18

Les Paluches de Mickey

Ah, les grands yeux d'Anne-Marie, arches de Noé d'une enfance enchanteresse, déracinée. Un jour, un jour viendra… On sait bien que ces arches-là flottent sur l'eau des larmes, reliées, toutes, au grand sérum de l'océan. En ce premier décembre 1978, c'est tout le Sud recommencé d'Albert Camus qui semble nimber la minuscule apparition qu'Anne-Marie voit frémir sur la mer, par le hublot du Breguet Atlantic. À côté d'elle, Jean-Marie l'a vue aussi. Et tous les deux pensent la même chose : un voilier, un voilier de métal à quelques milles de la Tête à l'Anglais, cet îlet volcanique débordant la Guadeloupe au nord de Basse-Terre. Et tous les deux pensent : Flo… Ils ne disent rien. À cause du bruit des moteurs, déjà, et pour ne pas tenter le diable si près du but. Anne-Marie est arrivée la veille de Paris. Jean-Marie l'attendait à l'aéroport. On savait par les vacations BLU que Flo n'était plus très loin. Qu'elle allait bien.

Le Breguet descend, fait de larges ronds dans l'azur orageux autour du voilier : *Xperimental 44* – le *Frioul 38* de Flo… Où est-elle, mon Dieu ? Il n'y a personne à la barre, personne sur le pont, le bateau désert file à pleine vitesse.

— En haut du mât ! s'écrie Jean-Marie.

À cet instant-là, sidérée par la présence de l'avion rugissant au-dessus d'elle : par la présence de sa mère et de Jean-Marie qui lui font coucou, Flo éclate de rire et tombe la tête la première. Il ne lui reste pas cinq secondes chrono avant de s'écraser sur le pont.

Il y a des secondes qui durent des siècles, c'est vrai, mais quand même. Il y a aussi des siècles plus courts que d'autres, des siècles instantanés.

En attendant, bienvenue à bord d'*Xperimental 44*. Profitez-en, car on n'a pas souvent l'occasion d'embarquer sur un voilier en course, sans avoir le skipper dans les pattes. Attention en descendant, on baisse la tête. Comment ça, « tout petit » ? Ce sont les sacs de voile qui donnent cette impression. C'est grand, trente-huit pieds pour un marin qui navigue seul. Ici la cuisine, ici la vaisselle dans l'évier, ici la table de navigation, un vrai plan de travail. C'est écrit quoi, sur le journal de bord ? *Mardi 1er décembre 78 : Je n'ai même pas eu le temps de dessiner, écouter de la musique, faire une seule photo. Complètement CREVÉE ! Aperçu l'île d'Antigua sous un grain noir. Vivement la playa, la super-bouffe créole chez Henriette.* Tiens, elle a pris *Moby Dick* avec elle, son roman préféré depuis l'accident. Là, c'est le grand carré convertible en atelier, en salle de danse, en fumoir, la pièce à vivre, et là c'est la soute à voile partout présente, à l'intérieur du *Frioul*, avec les sempiternels travaux d'aiguille sur les spis. Elle est ordonnée, Flo, depuis toujours, les créatures des rideaux sont témoins. Aucune place perdue, chaque chose à sa place, le bateau sent bon. Sous les trappes de visite, les fonds ne planquent pas d'immondes eaux grasses stagnant depuis des lustres. Il en a ramassé de la flotte, pourtant, le *Frioul*, depuis Saint-Malo. C'est le garde-manger, derrière les sandows, dans les équipets du carré. Des Tupperware alimentaires signalés au marqueur noir. Eh bien oui, « COUSCOUS »… Ça vous fait sourire ? Vous savez qu'on n'a pas besoin d'être pied-noir pour manger du couscous et des merguez, dans la vie ? Pas besoin d'être italien pour manger des raviolis ? D'être chinois pour manger du riz ? Obèse pour se bourrer de fraises Tagada ? Breton pour se tartiner du Hénaff sur le dernier bout de pain moisi qui reste à bord ? Ou d'avoir sommeil pour tomber du mât ?

À part ça Flo raffole du couscous maison cuisiné par Anne-Marie, avec les boulettes de viande au cumin. C'est Anne-Marie qui a marqué les Tupperware, à Saint-Malo, et bien réparti les vivres dans les équipets. On est très « mange-tout », sur les voiliers, très « sucres lents ». C'est l'animal aux grandes oreilles, qu'on ne veut pas manger ni même citer. Le gentilhomme des trèfles. Le « lapin » : le plus gros des gros mots pour les voileux qui n'ont pas peur des mots. En mer on mange des œufs, des œufs à toute heure. Ne vous jetez pas sur les Carambar, s'il vous plaît, on n'est pas chez nous. Elle est aussi très « bonbons », Flo, elle dit très « bonbecs » ? C'est sa copine de Paris qui lui fournit les Carambar. Vous savez, celle qui lui dresse un lit d'appoint dans l'entrée quand elle fait le mur ou change de vie… Oui, c'est la couchette de Flo, duvet bleu ciel, c'est là qu'elle dort, prête à bondir sur le pont. Et tous ces élastiques de couleur, je suppose que c'est pour les nattes. La mer a droit aux nattes, le public aux grands cheveux déferlés en plein soleil. Allez, on remonte si vous avez mal au cœur.

Pas de cadavre gisant au pied du mât sur un linceul de sang. Elle s'est loupée, mais d'un chouïa, en tombant du mât. Le crâne à quelques centimètres d'un winch « Barbarossa », debout la tête en bas – ses deux nattes balayant la cage du winch au gré du roulis –, Flo est pendue au gibet du mât, la drisse de spi enroulée comme du bolduc autour de sa jambe gauche. On peut raisonnablement penser qu'à un centième de seconde près, sa boîte crânienne volait en éclats sur l'acier, et que sa mère aurait vu l'accident – sans compter les deux pilotes et Jean-Marie.

Dans la position où elle est, Flo peut voir trois petites culottes sécher dans les haubans, deux roses et une blanche. Elles doivent être sèches, à l'heure qu'il est, mais avec l'orage qui s'annonce, elles vont morfler. Et la grêle n'en fera qu'une bouchée.

Ah, Flo s'est libérée, la petite émule d'Éric Tabarly ! Elle décroche ses culottes en vitesse et retourne à la barre. À la barre, oui. Son régulateur est en panne, comme tous les régulateurs. Elle regarde : elle ne regarde rien, il y a des jours où la mer n'est rien. Son pouce est douloureux, elle a les cuisses dans un état ! Elle fronce les sourcils, elle a vu sa maman. Est-ce qu'elle a bien vu sa maman au-dessus du mât, dans les risées ? Sa vraie maman ? Est-ce qu'elle est tombée du mât ? Un jour on tombe du mât, un jour du bateau. Elle se demande si Colas est arrivé, avec son pied pourri, son bateau pourri. S'il est tombé du mât, si c'est lui qui va gagner. La chance, elle a tellement de chance, la chance peut tomber. Elle est…

… Elle est tombée du mât parce qu'elle avait chaud, le vent l'a poussée. Elle est tombée du mât parce qu'elle voulait monter dans l'avion, comme le petit Viking accroché aux pattes du grand oiseau de mer, elle est tombée du mât parce qu'elle dort, elle a passé toute la course à dormir, elle est fatiguée, elle voulait dormir dans le ventre de sa mère avec son voilier dans la main comme un oisillon, elle est tombée du mât parce qu'elle rêve en dormant, et quand on rêve on fait n'importe quoi, on grimpe au mât, on tombe du mât et l'on se rattrape aux plumes des risées, elle se demande pourquoi elle est tombée du mât, tout à l'heure, un jour, si l'avion n'est pas une vision comme en ont tous les marins à court de sommeil, elle se tient à la barre, maintenant, elle n'ose plus bouger, elle a peur de tomber du mât, l'eau glacée la mouille jusqu'aux os.

Et « Boum ! », patatras, ça y est, l'orage est là.

C'était couru, songe Flo. Je suis bonne pour le tourmentin, cette nuit. Allez, mon vieux, lâche-toi, et durcis la note, je veux les épater, arriver demain matin, et pas dans les choux. Cinquante-cinq nœuds ? Pas mal, ouais. Si c'était du portant au moins !

C'est Michel Etevenon qui ne va pas en revenir en la voyant. Il était persuadé qu'elle ne trouverait jamais les Antilles, qu'elle bluffait, et qu'il faudrait lui envoyer les secours à perpète. Si tu ne bluffes pas un peu, c'est fichu, dans ce métier. Surtout avec des gaziers de la « pub » comme Etevenon, un Parisien qu'elle n'a vu qu'une fois, aux Antilles. Eh bien c'est aux Antilles qu'ils vont se revoir demain matin.

L'inabordable Michel.

Qui d'autre que lui voulait-elle absolument rencontrer, à Pointe-à-Pitre, après le coup de fil nocturne à son père, lors de sa première traversée à la débrouille sur l'*Argade* ? Un homme charmant, ce Michel Etevenon. Excellent danseur. Toujours le mot pour rire, mettre à l'aise. Au demeurant un sacré pro. Attendri comme tout par cette gamine amoureuse de la mer et des marins, et plus naïve qu'un poisson d'avril. La Route du Rhum, ma chère Florence ? Vous n'y pensez pas, jeune fille ! Et vous me dites que vous arrivez à l'instant de Paris en voilier ? Je veux dire : de Toulon ? Et que je suis invité à boire un whisky sur l'*Argade* ? Ou du rhum ?

Quelle espèce attachante, les hommes. Si faciles à prévoir, si gentils, si fuyants. « Un romancier les a comparés à de grands savons », écrivit Flo. Ils sont drôles, avec leurs « matelots fendus » ! Et les « pas fendus », alors ? Les « tendus » ? On peut leur en parler, nous, des « matelots tendus » à craquer ? Hein, les gonzesses, les « jeunes filles » ? Ils sont trop, les hommes. Il y a toujours moyen de s'entendre avec eux. Oh, ce n'est pas une question de rhum, de whisky, de shit. Pas même de frotti-frotta dans les alcôves ombreuses des discothèques. C'est plus fort qu'eux, leur virilité, rien de plus. Elle ne les oublie jamais. Ils ne veulent pas vous voir ce petit air malheureux quand ils s'imaginent vous avoir bien fait comprendre qu'ils ne vous inscriront pas, non, que ce n'est pas une question d'argent mais d'amitié, et que la course en mer c'est beaucoup trop grave et problématique pour une jeune étudiante en médecine, un métier de femme libre, bravo, un métier généreux au cœur de l'avenir moderne, une aventure humaine, et surtout moi, Florence par-ci, et surtout vous, Florence par-là, avec votre talent, votre nom et le nom de votre père, ma chère Flo, ah ! Flo…

— D'ailleurs, la liste des inscriptions pour la Route est close depuis avril dernier… Vous pouvez toujours m'envoyer votre bulletin à mon domicile parisien, mais sous toutes réserves.

Quand ils ont dit « sous toutes réserves », ils ont généralement perdu toute réserve, on peut trinquer à la vie, finir par un slow.

Elle écrivit sa course, un jour, sa Route du Rhum 1978, le plus beau souvenir de mer de sa vie, destiné à le rester envers et contre la gloire de 1990. Il aurait pu s'intituler « La Part du Bluff », c'est d'ailleurs ainsi que nous l'intitulons ci-dessous pour sa mise en perspective au sein du chapitre en cours.

La Part du Bluff

Elle bluffa la Terre entière, après avoir convoyé sans difficulté l'*Argade* aux Antilles, et ce fut d'abord un bluff de poudre aux yeux. Il lui fallait un bateau de course en urgence, un pactole. Elle bluffa sa mère, l'attirant dans son camp, celui des femmes libérées, premier chèque. Elle bluffa son père, esquivant tous les « non » qu'il s'était juré d'opposer à ses attentes, second chèque. Elle bluffa la banque, une « Sogemer » habituée à ruiner les marins à la côte, lui fourguant en guise de nantissement patrimonial un projet d'école de mer embarquée sur le voilier qu'il appartenait à la « Sogemer » de lui payer rubis sur l'ongle (du Parisis-Linski tout craché). Quant audit voilier ce fut cette vieille ganache de *Petrouchka* qui lui souffla le nom du *Frioul 38*, son petit frère, plan Mauric également, une maison à voiles en alu comme lui, fier dans les intempéries, à tu à toi avec le vent.

Trouver le petit nom du *38*, comme celui d'un premier-né, fut une source de gaieté pour Flo et pour Jean-Marie. En souvenir de l'île de Wight ils l'appelèrent *Jimi Hendrix* : Génial ! Puis *Jimi* tout court : Génial ! Puis *Experience* avec l'accent d'Atlanta : Génial ! Puis de son vrai petit nom qu'il garderait sans qu'on sache bien comment l'idée leur était venue, secret : un soir de pétards et de fleurs, et de papillons démesurés, ils avaient écouté « The Jimi Hendrix Experience » au bord de la mer à l'île de Wight, le vrai Jimi, une expérience qui s'était gravée dans leur indicible nostalgie d'un monde annoncé par les fleurs et par la musique.

Xperimental

Génial !

Est-ce qu'elle était la plus jeune inscrite, avec ses vingt et un ans ? La plus jeune oui, mais le jeunot du parcours c'est Yves Le Cornec, dix-neuf ans. On l'appelle « Mickey » parce qu'il a un méga-Mickey Mouse imprimé sur son spi, cadeau du *Journal de Mickey*. On l'appelle aussi « Titif », à cause de ses cheveux. Et « Cool » serait un surnom bien assorti à sa bonne humeur, car il sourit tout le temps sur les pontons malouins, aucun trac, aucune nervosité. Flo l'invite à souffler ses vingt et un ans en famille, sur le *38*, à quelques jours du départ.

— Tu connais bien les marées ?

— Comme tout bon Breton de la côte, dit Mickey. Pourquoi cette question ?

— Quelle question ? dit Flo. Détends-toi !

Elle remet ça la veille du départ avec un autre marin.

— Les marées, tu connais ?

— Je suis finistérien.

— C'est plutôt Marseille, moi, mon plan d'eau.

Elle n'y connaît rien, aux marées. Elle croyait pouvoir bluffer l'océan, celui qui tire les ficelles des marées.

— Tu n'as jamais navigué chez nous ?

— Si, bien sûr, l'autre jour… Pour amener le bateau avec Carolin.

Nous sommes au chantier naval du Minihic-sur-Rance en compagnie de Flo et d'un certain Poupon Philippe, ils se sont connus sur les pontons bringueurs de la Whitbread en 1976. Ils sont amis, depuis. Il restera toujours « son Philou », et parfois « son Filou », elle « sa Flo ». Poupon lui a lu les étoiles à voix basse, une nuit d'été, dans la main du ciel, livre sibyllin. L'homme qui chuchote les étoiles à l'oreille des filles, pour les endormir avec douceur, est à peu près sûr d'y arriver. Bonsoir Flo, soir Filou, fais de beaux rêves.

Le Minihic est une utopie sur l'eau pour les fantômes et les anges, où Flo, comme Alain Colas son trimaran *Manureva*, fait présentement armer son *Frioul 38*, *Xperimental*, avant la Route du Rhum. Par la Rance on rejoint Saint-Malo, et par Saint-Malo l'océan, qui rejoint les Antilles où Michel Etevenon, déjà sur place, supervise les festivités de bienvenue, tout en mâchonnant son discours au vainqueur – forcément un homme. On a du temps, les enfants, mais les voiliers s'élancent demain et la météo nous promet des speedos en flux tendu.

— Elle me fout les jetons, ta Bretagne, avec ses courants qui changent tout le temps, c'est d'un chiant !

— Avec ça, tu es sauvée, cadeau.

— *Almanach du marin breton* ? C'est un mot arabe, « almanach » !

— Il y a tout sur les marées, les courants, les cailloux… Tu n'as qu'à l'apprendre par cœur cette nuit.

Loin de la rassurer, la nuit blanche qu'elle passa dans son voilier foutoir à potasser l'almanach la fit douter d'être un marin. J'arrête, dit-elle à Carolin, son nouveau copain, je retourne à la fac, je me suis trompée. J'arrête ou tu viens avec moi, on peut s'en sortir à deux. J'arrête ou c'est la Bretagne qui nous fout la paix avec ses marées à dormir debout. Je suis sûre de me planter, demain, j'ai mes fourmis dans le pouce et mon pouce ne se goure jamais, demande à maman.

Elle avait ses fourmis en descendant la Rance : elle n'y pensa plus au « top » aboyé par le canon de marine dirigé sur l'Anglais du haut des remparts.

C'est en arrivant dans la brume au plateau rocheux des Héaux de Bréhat que son fantasme d'abandon connut l'apogée. Elle pleura. Elle ne savait plus où elle était. Elle entendait la mer se pourlécher sur les invisibles récifs à deux pas du *Frioul*. Une invisible bouée sifflante lui sifflait de retourner à la fac, mais par où passer ? On en sort comment d'un pareil labyrinthe ? Elle est où, la mer ? Eh, brume, tu m'entends ? C'est en breton qu'il faut te parler ?

Finis les sortilèges de l'Iroise, la course ne fut plus qu'un jeu d'enfant. Joueuses les tempêtes et joueurs les calmes plats, les « rien ne va plus » d'un sommeil par tranches de vingt minutes, dans le cockpit, la joue collée sur l'aluminium et l'oreille en bigorneau pour ne rien laisser perdre des va-et-vient du vent. Joueurs aussi les souvenirs, un peu fous. Elle se rappelle un paquebot, l'autre nuit, avec ses milliers de hublots et ses trois cheminées. Il tournait en rond autour d'elle comme un pigeon sûr d'arriver à ses fins, lui faisant de grands salamalecs en morse auxquels elle ne comprenait rien. Il s'approchait si près qu'elle respirait une odeur de pissaladière aux oignons dont elle serait bien allée demander une part au capitaine. Joueuse aussi, la solitude aux mille avatars, gens unanimes à penser grand bien d'*Xperimental*, voilier maniable et sûr, voilier féminin si l'on entend par là que Flo l'avait dans la peau comme un esprit qui devinait ses limites et ses rêves. Et, comme elle, n'avait peur de rien. À deux, la mer ne peut plus rien contre vous.

Des deux, elle était la seule à détester la mer, parfois, une détestation qui pouvait dégénérer en bêtise.

Elle insultait la mer, elle appelait sa mère au secours, elle trouvait le temps long, elle avait oublié que le temps fut aussi long, sur la mer. Et ce n'était pas la hauteur des vagues ou le bruit du vent qui la mettaient dans tous ses états, mais le temps perdu, compté comme speedo comme le temps gagné quand ça cassait, à bord d'*Xperimental*, quand ça partait en morceaux, en lambeaux, en simulacres d'accident, et qu'elle devait rogner sur les tranches de vingt minutes, agonir la mer pour ne pas s'endormir et pleurer dans son giron sitôt réveillée, s'excuser et s'excuser auprès d'*Xperimental* qui n'y était pour rien, redoublant ses efforts dès qu'elle se mettait à danser, à rire, sa minicassette à plein volume, et son âme volant à la surface de l'eau.

Elle est sympa, Flo, en mer. Insaisissable, mais sympa. On dirait qu'elle n'a plus besoin des autres et que c'est un grand soulagement. Les autres, pour Flo, c'est comme un voilier qui doit l'aimer et se plier à ce qu'elle est. Sinon, elle change de voilier, elle part. Elle rejoint dans leur fief les créatures des rideaux.

Sur les quatre dépressions qu'elle essuya sur la route de la mer et du rhum, en 1978, la dernière vit sombrer le valeureux Alain Colas : il entra corps et biens dans les ténèbres, comme il se borne à le signaler à la radio. Plus au nord, Flo longea cette fin du monde et se dit : Holà, ça bouillonne, par-là, ça souffle on dirait. Ses fourmis la brûlaient jusqu'en haut du bras, à ne plus pouvoir le bouger. « Masse-toi, le pouce, ma chérie, lui dit sa mère à la radio, c'est peut-être un début de gangrène. Je t'ai mis du baume dans la trousse bleue. Et n'oublie pas les confitures. »

Cet échange eut lieu du côté des Açores, à un moment où le temps ne se dénombrait plus en jours et en nuits, pour Flo. Elle apprit qu'on était sans nouvelles d'Alain Colas, mais qu'on gardait espoir. Elle apprit que Malinovsky était arrivé deuxième. Elle apprit qu'elle aurait du beau temps jusqu'à l'arrivée. Elle dut monter au mât pour une bonne raison et de là-haut vit sa mère attachée dans un avion. Puis il fut temps d'arriver à Pointe-à-Pitre, onzième, une place qui la vexa. Elle repoussa les compliments de Michel Etevenon. Elle aurait dû faire quatrième, en temps réel, elle aurait fait première sur un bateau plus sophistiqué. Elle n'avait pas l'intention d'arrêter la course en mer, jamais, ni de retourner à la fac. Elle reviendrait en 1982 sur le parcours du « Rhum » avec un voilier aussi rapide et sûr que celui des hommes, et elle ferait première. Elle parle, elle parle, elle boit du rhum, on lui a mis des coquillages vernissés autour du cou, elle est aux anges devant les micros. C'est une fourmilière qu'elle a dans chaque main, des mains gonflées comme les paluches du Mickey aux gants blancs. Il est où, Mickey, au fait, à l'heure qu'il est ? On a des nouvelles de Mickey ? Son Titif ?

Le 3 décembre, un journaliste de France-Antilles déclara sur les ondes : « Sortez vos mouchoirs, les doudous, on dirait bien que l'Atlantique s'est fiancé tout à l'heure avec une fille de la métropole, et que cette petite fiancée toute mignonne et roselette s'appelle Florence Arthaud, oui, comme l'éditeur du même nom, bonjour Florence Arthaud.

— Bonjour. »

Trente-six ans plus tard ils étaient toujours fiancés, l'Atlantique et elle, pour les journalistes du monde entier, quand elle ne fut plus que cendres et fumée noire s'échappant au ras des cactus argentins, dans un décor de misère à la Joe Dalton.

« La mer a perdu sa fiancée », écrivirent les journalistes du monde entier, un sanglot dans la voix.

19

La Forêt des gouttes d'eau

— Écoute-moi bien, espèce de voleuse ! Vous vous êtes assez foutues de ma gueule comme ça, avec tes copines. Alors soit vous me payez la marchandise, et pas que les purées déshydratées et les tampons hygiéniques : vous me payez tout, soit je vous balance aux poulets, alors ?

Elle n'aime pas trop qu'on lui dise « voleuse » avec ces yeux-là, ces mains-là. La dernière fois, c'était pour des clopes à la supérette chinoise de Papeete. Elle avait mordu la main du Chinois qui s'y croyait, ça gueulait, ça pissait le sang… À qui foutrait le plus les jetons à l'autre, à qui lui ferait baisser les yeux. C'est ça que tu veux, mon gros, toi aussi ? Me foutre les jetons avec les flics ? T'envoyer la petite voleuse dont tu sais très bien qu'elle vole pour bouffer ? Pour avoir les fesses propres ? T'en as fait chialer beaucoup, des femmes comme moi, dans ton burlingue de merde, en leur disant : C'est le tarif ou j'appelle les flics ? Je parie que t'es impuissant. Je parie que ta femme se tape le voisin. Je parie qu'elle paierait pour ne plus voir ta gueule dans son lit.

— Alors ? dit le gérant du magasin.

Il n'a pas devant lui une fille si propre que ça. Belle, oui, un sourire à tomber, mais livide, la prunelle battue d'insomnie, le fumet aigrelet d'une peau couperosée qui passerait volontiers sous la douche. Pas vraiment un voyou, mais quelqu'un qui n'en a rien à foutre de ce qu'on pense de lui, de son petit anneau d'or à l'oreille gauche et de ce qu'il signifie pour les oiseaux de nuit. Il ne peut quand même pas la laisser filer comme ça, la gamine. Putain ! elles ont dévasté le rayon sous-vêtements.

— Alors quoi ? dit-elle à travers ses larmes.

— Vous payez comment ?

— Payer ?

Qu'il ose avancer la main, ce con. Qu'il les bouge, ses petits doigts boudinés. Qu'il lui demande de laisser en gages son tee-shirt et son short.

— Vos petites culottes aussi, vous vous servez chez moi ?

— Qu'est-ce ça peut te foutre ? lui dit-elle avec les yeux.

Ça l'arrange, dans un sens, qu'il ne l'ait pas reconnue, mais c'est vexant. Un de ces quatre elle décrochera la timbale, et les tarés comme lui feront la queue pour avoir son autographe et la humer de près comme une fleur unique au monde.

— Vous savez quoi ? dit-elle au gérant. On est des voileuses, avec mes copines… Voileuses, ouais, pas : voleuses… On n'a plus un rond, on se bat. On part faire une course en mer, en octobre, La Baule-Dakar, et on va balancer la vérité… Marre des femmes battues, rabaissées par leurs Jules, marre des pauvres gosses auxquels on prend leurs mères et tant pis pour eux, tant pis pour elles… Il y aura les journaux, les télés, on cherche un sponsor. Le nom de l'Hyper U en grand sur le spi, vous imaginez ? Après ça toutes les nanas viendront acheter leurs petites culottes chez vous.

« Avec la course en mer et la Route du Rhum j'ai découvert les pays chauds, la Polynésie, les Antilles, les coraux des lagons, les végétations épaisses et le cul des Blacks », écrivit Flo.

— Vous êtes des marins ? C'est bien ça ?

— Ouais, c'est ça, des marins. Sept marins nanas, et toutes de l'Assistance publique, de l'abandon public… et même privé. Des femmes, quoi, on s'est fait avoir. On est au casino, le soir, si ça vous dit, on se détend… La Baule-Dakar en octobre… Une pub d'enfer, pour vous, on a justement besoin d'un spi.

— Et tes copines, elles se barrent comme une volée de moineaux ?… Elles te laissent te démerder toute seule ?

— Normal, je suis le skipper.

Parties le 18 octobre à la marée, elles rejoignirent Dakar en un petit mois sur leur voilier couleur de layette, premier équipage féminin à l'arrivée, premières voileuses dont les culottes volées à Cherbourg avaient muté en culottes sponsorisées par un hypermarché qui voulut surtout ne jamais voir son nom cité.

Premier sponsoring décroché par Flo sans baratin excessif, en manœuvrant du bout des cils un bon Samaritain de la cause des femmes, trop gentil pour n'être pas un macho honteux.

« Avec la course en mer, j'ai découvert la pauvreté. La fête et la pauvreté.

« À Dakar, après trois jours de rigolade et trois nuits, je ne sais plus quoi faire de mon avenir. Et comme je ne veux pas mendier ni coucher, je vais troquer mes fringues au souk, j'adore marchander.

« Je ne sais même pas comment je vais rentrer à Paris, en plus j'ai oublié mon passeport à Cherbourg », écrivit Flo.

À Paris va commencer pour Flo ce qu'elle appellera dorénavant « la chasse au sponsor ». Mais toute chasseresse qu'elle est, auréolée d'un nom prestigieux qui lui ouvre des portes, ou pas, c'est à longueur de vie qu'elle devra galérer pour financer des voiliers qui coûtent un « prix bête » (idiotisme wallon), et pour manger et payer l'Administration. Eh non, ce n'est pas gratuit d'être citoyen, d'avoir une âme et des os dans un pays libre. Et pas gratuit d'habiter un voilier rattaché à la société par un simple bout de ficelle. Le plus coûteux c'est de larguer la ficelle, au revoir, adieu, en saluant la foule envieuse massée sur le quai.

Il y a encore plus coûteux, d'ailleurs : le prix à payer pour ne pas devenir quelqu'un d'autre que soi.

Depuis toute petite, Flo s'y employait, elle payait, payait, payait trop cher, sans avoir une idée bien distincte du « moi » qui la pressait d'être « moi ». Arrivée onzième à la Route du Rhum, quatrième avec des « si », première avec d'autres « si » – dont Anne-Marie recueillit la confidence pleurée sur *Xperimental* –, elle put enfin résumer en quelques mots ce qu'elle attendait avec précision d'elle-même, Flo, en ce bas monde qui prend la mer ou se retient à l'humus. Ce fut une lettre d'admiratrice, membre du MLF, qui lui dessilla les yeux. La lettre disait, « Merci, Flo, l'hégémonie des couilles arrive à sa fin grâce à toi. L'hégémonie des Kersauson, l'hégémonie des lâches et des salauds qui nous traitent comme des pois chiches et des trous depuis Mathusalem. C'est un ancien homme qui te parle, Flo, et il sait bien de quoi elle cause et pourquoi elle s'est fait sauter la boutique. Il vient à grands pas, Flo, le temps des Femmes, il vient par la mer avec des filles comme toi. Le Mouvement t'attend, n'oublie pas, ta place est chez nous. Continue sur l'océan et ils seront tous derrière toi, bientôt, la queue ratatinée entre les, etc. »

« Tous derrière toi », elle devant. Ce qu'elle avait toujours désiré, non ? C'était son point d'honneur, enfant : battre ses cousins, ses frères, et tous ceux qui lui répétaient : Tu vas perdre, Flo, je suis un garçon. Les garçons battent les filles, ils sont plus forts que les filles, je vais te montrer, t'as vu ?... Je serai un homme, moi, plus tard, mais toi tu resteras une fille. Et tu viendras manger dans ma main, à genoux.

« Ayant couru la Route du Rhum, je voulus être la première sur l'océan, la première devant les garçons », n'écrivit pas Flo – le destin l'arracha au sol entre-temps.

Après 1978, il s'écoula dix ans durant lesquels Flo parut n'être que ce qu'elle était : en perpétuel devenir, ce dont le public et les médias se contentaient machinalement, tous ayant l'air d'estimer que leur « petite fiancée » était déjà une grande dame ou demoiselle de la mer, et comment n'être pas d'accord avec eux ? On savait qu'elle buvait à seaux. « Pour agiter le phosphore, expliquait-elle au besoin, et il en faut beaucoup pour me l'agiter. » En mer, elle remplaçait l'alcool par l'insomnie, défonce naturelle, conservant juste assez de lucidité pour savoir où elle allait, et à quelle vitesse cette poubelle de bateau – quand c'en était une – se ferait un devoir d'arriver première à la barbe des mecs. Et pour s'interroger si Dieu existait ou n'existait pas, et si c'était bien lui qui répandait les couchers de soleil à l'ouest, chaque soir, à l'heure prévue, top ! Une perplexité qui redoublait sous les étoiles et la faisait immanquablement penser à Maître Poupon, son professeur d'étoiles, si grand homme et si grand marin. Philou pour les intimes. Filou, Fifi, Fi : jusqu'où peut délirer l'intimité !

En mer elle n'arrivait jamais devant les garçons. Pourquoi ? Le matériel. Ça clochait au pire moment.

« Les mauvais ouvriers ont toujours de mauvais outils », écrivit ma mère au plus cossard de ses trois fils, et je crois savoir lequel.

Un jour c'était son compas qui l'envoyait dans une mauvaise direction, un jour son mât qu'elle perdait en hissant les voiles, et merde : seconde mâture à l'eau ! (Ouin !) Un autre jour, vers le cap Horn, elle se fait aborder par une baleine en sang qui pue l'hortensia pourri (revendu peu après avec l'odeur, l'infortuné voilier, à prix massacré). Un autre jour encore, le soleil ramollit son trimaran comme un fromage à l'abandon sur la grève : « À vendre » !

Ouin ! Ouin ! Elle pleure beaucoup, Flo, dans la déveine, elle est connue pour ses larmes. Les Anglais la surnomment « *the poor little Frenchie* ».

Elle ne gagne pas, mais elle tient son rang de « petite fiancée » modèle, toujours prête au grand mariage d'amour, le moment venu. Bravo, Florence ! Bravo ! Formidable ! C'est toi la meilleure ! La Baule-Dakar, elle est première au classement féminin : elles sont premières, et quatorzièmes au classement unisexe, la honte ! C'est le bateau qui ne va plus, trop vieux, démodé (ouin !), il lui faut un bateau neuf, dernier cri. Premier, on a déjà du mal à dégoter un budget, alors quatorzième ! Elle téléphone, elle écrit, elle se montre, elle se parfume, elle pose, elle croise les jambes, elle ne rechigne pas aux mondanités. Mais les sponsors qui se bousculent au portillon n'affluent que pour l'exhiber chez Castel ou ailleurs, dans les soirées bling-bling. Bien sûr, ils croient en elle, et bien sûr ils vont lui payer son bateau, et bien sûr dans les meilleurs délais, et bien sûr à la Saint-Glinglin. Allons, Flo, n'exagère pas. Les grands chefs de Biotherm t'ont plus d'une fois déroulé leur chéquier, sans lésiner sur les zéros. Il ne tenait qu'à toi pour que les zéros continuent de folâtrer dans les fines bulles des coupettes, si tu voulais réellement trinquer avec tes sponsors. Mais tu peux être rêche, Flo, en affaires, intraitable, même quand c'est toi la demandeuse aux abois.

— Rêche ? Moi ? Tout ce que je veux, c'est un bateau neuf bien équipé, pas une carriole raccommodée. Une « strapanelle » disait Parisis, un taudis à voile, un oripeau.

« Donnez-moi seulement un levier et je soulèverai l'univers », écrivit Archimède.

Après 1978, la « petite fiancée » redevint studieusement « la petite fiancée » chaque fois qu'elle monta sur un voilier plus ou moins neuf pour affronter les garçons. Elles furent des dizaines de « petites fiancées », de « petites Flo » chéries du public, celui-ci raffolant des idylles impossibles, surtout quand le soupirant n'a pas visage humain. Flo et son colosse d'océan aux babines de tempête, c'était le monstrueux sex-appeal d'Ann et King Kong au début du parlant, c'était la Belle et la Bête, l'amour aveugle. On peut dire qu'il avait eu le nez creux, l'animateur de France-Antilles, en célébrant leurs fiançailles en direct pour le monde entier. Le monstre baveux finirait bien par dévorer sa promise, la noce par dégénérer en fait divers calamiteux, et les larmes couleraient dans les chaumières, Oh comme elles couleraient pour la belle fiancée perdue. On irait se fiancer ailleurs, que voulez-vous, avec d'autres faits divers, d'autres amours.

De l'autre côté du miroir, dans le pas à pas du quotidien, une Flo bien différente nous attend, après 1978. La Flo humaine, la Flo qui doute et n'a pas le sou. Elle s'était réconciliée avec Paris : ses parents, sa chambre, les créatures des rideaux. La fac non, et s'il en fut question elle répondit : La mer, et l'on n'en parla plus. S'il fut question d'intéresser la famille à l'achat du voilier qui la verrait battre les garçons, après 1978, la famille répondit : La mer non, pas la mer, plus jamais. On ne coule pas une maison d'édition pour l'ombre d'un voilier, cause éventuelle de naufrage et de perdition générale. Et puisque la mer est ton métier Flo, et que tu n'as pas fini de payer ton *Frioul*, et que tu as les huissiers au train, va donc gagner ton argent sur l'eau.

Ce furent les années galère, les années bohème, les années folles d'une jeunesse cahin-caha, peut-être les plus excitantes de sa vie. « Ce furent les années patachon », écrivit Flo. Elles correspondent au laps de maturation d'un vin qui paraît savoir qu'un jour il deviendra grand, et qu'il n'y aura pas meilleur au monde, un jour. Un jour viendra… Elle a sa chambre ici et là : rue de la Tour, chez sa copine de la tourelle où vécut Bernard Palissy, chez les copains, chez les petits copains du moment qui passent dans sa vie le temps d'un château en Espagne, sur les voiliers des uns et des autres, à Val-d'Isère où le ski, tout de même, éveilla ses instincts régatiers, et par-dessus tout là-bas où la pluie ne mouille que les c… cormorans : en Bretagne, oui, à La Trinité-sur-Mer elle a vivres et couvert au bord de l'eau. Chez qui ? Cette bonne âme de docteur Jean Le Rouzic.

— Bonjour, docteur, on peut entrer ?

J'en ai connu, des bonnes âmes, dans l'Ouest, de ces individus pour qui l'étranger, l'autre, est toujours le bienvenu. On peut dîner ? Par ici. On peut dormir ? C'est par-là. On peut rester ? Restez donc. On peut revenir ?…

C'est Alain Gabbay, son nouvel amoureux, qui l'amène un beau jour au saint Toubib de l'ouest. Elle reviendra toute sa vie. Le bénira jusqu'à la fin. Il demande quoi, saint Toubib, pour prix de sa bienvenue ? La même chose que ses hôtes : la mer. Sa maison jamais fermée au visiteur du soir est un foyer du marin. Aimant la mer et les marins, il reçoit à longueur d'année les voileux en manque de voiliers, en rupture de voiliers, en espoir de voiliers, mais aussi les âmes en peine de la mer, la solitude à la recherche d'un regard bienveillant où se terrer.

Tout le monde, une fois dans sa vie, aurait besoin d'apporter la mer au docteur Le Rouzic, et de rester chez lui. Pour y dormir profondément.

Flo ne dort que d'un œil, elle. Endettée jusqu'aux os, elle enseigne la mer, son premier job avec Parisis disciple de Linski. Elle embarque les néophytes en quête de sensations et d'épanouissement, gens qu'elle appelle « mes équipes de vomisseurs ». Avec eux elle traverse la Méditerranée et même l'océan. Sans eux elle fait la course au large, elle est la Flo droguée à l'orgasme sauvage des tempêtes qui font gagner quand elles ne tuent pas, ou qui font perdre, et chaque fois offrent ces visages de la mer que les caméras ni les mots ne peuvent capturer.

C'était comment ?

C'était bleu.

C'était gris.

C'était blanc.

Ça soufflait ?

Fort.

Et quand tu as chaviré ?

La tête à l'envers.

La mer à l'envers.

Le vent muet.

C'est tout ?

C'est tout. On survit ou on meurt.

En 1986, elle court le Rhum pour la troisième fois. À la VHF on lui signale une épave dangereuse pas très loin d'elle. C'est tout ? C'est tout. Rhum ou pas, elle y va. C'est la loi, en mer : on y va. Elle ne s'attendait pas du tout à « l'épave » qu'elle finit par distinguer aux jumelles sur un horizon fou comme taillé au ciseau à ongles. Un voilier retourné, ballotté par les vagues. Un multicoque rouge et noir. Déjà vu, mais jamais la tête en bas. Elle a bu des bières, sur ce bateau, fumé des Royale, avant le départ, elle a ri. C'est *Royale*, le trimaran de Loïc Caradec. Il est où, Loïc ? Elle hurle son nom. Elle hurlera son nom toutes les nuits durant des années au souvenir de l'accident, et dans ses rêves il lui répondra, saisira le cordage de survie qu'elle a préparé, elle verra ses mains tenir bon. Elle hurle son nom, tourne autour du voilier escaladé par la mer qui fait briller son gelcoat neuf en ruisselant. Elle hurle son nom. Il est peut-être à l'intérieur, peut-être coincé sous le bateau, peut-être vivant, peut-être mourant, peut-être… Je renonce à qualifier la nausée dont elle est la proie devant ce crash. Le 9 mars 2015 les secouristes argentins éprouveront la même chose en s'approchant des restes calcinés de l'hélico AS 350 Écureuil dans une brousse déchiquetée par le feu. C'est l'odeur sinistre du feu qui les poursuivra dans leur sommeil, eux, l'arrière-goût de kérosène accroché au souvenir de Flo.

Si la mer est devenue l'œuvre de sa vie, après 1978, l'amour ne l'est pas moins. L'amour amoureux, l'amour physique, l'amour fou. Les médias lui font une réputation de « vamp ». On peut aller jusqu'à

« vamp » alcoolo. Elle couche, elle boit. Deux penchants si médiatisés que son père lui demandera de changer de nom. Méchants journaux, taisez-vous ! Vilains paparazzis, pourquoi vous dites ça de moi, pourquoi vous me shootez ? Pourquoi vous m'embêtez ? Qu'est-ce qu'on va penser de la petite fiancée qu'on aimait bien ? Tout ce que je veux, c'est qu'on m'Aime avec un grand « A », le plus grand des « A », d'un Amour tellement grand que je n'aurai jamais envie d'aller voir ailleurs. Et vous savez pourquoi ? Je suis une fleur bleue… Une fleur bleue mâtinée d'artichaut, alors, une fleur bleue qui n'est pas à un pétale près quand la fête bat son plein. Elle souffre, elle fait souffrir, elle a besoin d'être amoureuse pour se sentir exister. Elle croit sincèrement qu'un prince charmant lui prendra la main. Sa vision du prince unique et pour toujours n'est pas celle de Blanche-Neige ou Cendrillon. Les princes éméchés qui lui prennent la main, en général des monte-en-l'air de la coucherie occasionnelle, ou du grand amour tempétueux et fort comme la mer où l'on n'a pas toujours le beau rôle, n'en sont pas à une main près, eux non plus, à une nuit près. Et pour eux une princesse chasse l'autre comme un beau mec chasse le suivant pour Flo. Étonnez-vous qu'elle ait du mal à dénicher son merle blanc dans cette jungle où tout le monde ne pense qu'à une chose, sur le coup de minuit : ne pas s'échouer à l'aube sur les brisants fatals d'un oreiller désert.

« Kerso m'a beaucoup appris sur la façon dont les hommes aiment les femmes. Il m'a appris aussi à décortiquer les langoustines. Il était drôle et séduisant. Il avait autour de lui un public qui riait aux larmes. Les femmes redoutaient sa misogynie légendaire. Il m'a aidée à sortir de l'adolescence », écrivit Flo.

Certains amoureux vont effeuillant la marguerite : d'autres décortiquent la langoustine, laquelle n'est généralement pas seule à réjouir les appétits du prince. Laquelle s'appelle Flo, parfois, et renaît de la dégustation comme l'oiseau Phénix, plus vivante que jamais.

Anne-Marie lui dit : Je n'ai pas de conseils à te donner, Flo. Tu t'es bien amusée jusqu'à maintenant. Et si tu te mariais ? Si toi aussi tu fondais un foyer, une famille ? Si tu te consacrais au bonheur d'un seul homme ? De ton homme, Flo ?

Le mariage, elle en a déjà rêvé, fleur bleue qu'elle est. Un bonheur inenvisageable, hélas, pour un marin comme elle, aux quatre coins du monde à longueur d'année. Le mariage lui fait peur, c'est vrai, mais quand on aime on aime : on aime trop quand on s'appelle Flo, on ne s'arrête pas à l'impossible, ce cap enthousiasmant qui donne un sens à la mer – et pourquoi pas à l'amour ? Elle se marie. Mais quelle bonne idée elle a eue ! Mais quelle « grâce » ! (Elle adore le mot « grâce », un mot que l'amiral Kerso met à toutes les sauces.) Comment n'y a-t-elle pas pensé plus tôt ? On aime son mari, les gens vous aiment, tout le monde s'aime, danse, rigole, picole et se donne des bécots, se laisse embarquer dans une euphorie qui voudrait durer toute la vie. Chaque instant dure toute la vie, tant que le sol tient bon sous les pieds des fêtards enchenillés. Et ce qu'il y a de bien, avec le mariage, après la fête, c'est qu'on peut divorcer, aimer un autre amour. On peut se remarier, recommencer la fête, la vie, revivre tous les instants qui tomberaient dans l'oubli sans les amoureux. Elle divorce, elle ne se remarie pas, surtout pas. Une fois, mais pas deux. Elle dit : Jamais plus ! Mais avec le « si » d'un hélico parvenu sain et sauf à destination, le « si » d'une mer qui l'aurait laissée naviguer à son gré, de jour en jour, le « si » d'un âge mûr où les aléas auraient tourné le dos au destin, je parie qu'elle aurait accepté l'alliance de bénédiction d'un paysan espagnol épris en diable, riche de quelques biquettes et quelques oliviers, et filé sur le tard avec lui son grand amour fidèle au-dessus du cap Creus, en pays catalan, son belvédère préféré sur sa mer préférée : la Méditerranée. Sur le tard on aurait pu la croiser vendant sur les marchés villageois ses fromages moulés à la louche, une oreille pour Jimi Hendrix, une autre pour le chaland.

— Votre visage ne m'est pas inconnu.

— Je me suis mariée à la Méditerranée, finalement, mon chez-moi ancestral.

Anne-Marie lui dit : Il est temps pour toi d'être mère, Flo. Tu ne peux pas ne pas avoir d'enfant.

Flo répondit : Je suivrais ton conseil, maman, si je n'étais déjà sur la bonne voie. Je suis enceinte. J'attends Marie.

Ce fut bel et bien une petite Marie. Ce fut le bonheur sur la Terre, et pour Flo la joie de s'être donnée tout entière à la vie, cette fois. Est-ce à dire qu'elle s'éloigne des voiliers, que l'horizon lui paraît moins envoûtant, le speedo moins impatient de grignoter l'infini ? Elle associe la nature à son avènement inespéré : la maternité. Elle regarde la mer d'égale à égale, mère nature à son tour, et son amour de la mer se redouble d'amour maternel, un sentiment de puissance jamais éprouvé. « Petite fiancée », la voilà génitrice épanouie d'un miracle de vie qui l'apparente au créateur de l'eau.

« Ma mère est la mer en forme de femme », écrivit un jour Marie sur le sac de mer de Flo. Et elle souligna d'un trait en forme de vaguelette.

Quel sponsor oserait lui refuser l'argent d'un nouveau bateau, matricielle et rajeunie qu'elle est ? Quel voileux s'imaginer son maître et skipper ? C'est maintenant que la mer la comprend et lui dit « Tu », comme à sa jumelle. Tiens, l'avenir ne l'entend pas de cette oreille, mais l'avenir commencera plus tard.

« J-t-M », écrivit Marie par trois fois sur le sac de mer de Flo, toujours au marqueur rouge. Toujours en soulignant d'une vaguelette. J'ignore si le « J-t-M » à vaguelette fut écrit sur le sac de mer de Loïc Lingois, le meilleur des hommes, le plus aimant des pères, un loup de mer ennemi du quotidien, lui aussi. Et je n'ai aucune raison de le savoir.

Marie fut d'abord élevée au Conquet, la pointe aiguë du socle européen. Ça ne vous dit rien ? Un village pluvieux, venteux, râpé comme les trois abers des environs, maussade à souhait. Les panoramas sont ingrats, dans le secteur, désolé. La marée va et vient quatre fois par jour et les gens font la tête aux étrangers. Ils parlent aux animaux domestiques, ces ploucs, en breton local. Ils croient aux fantômes.

C'est Olivier de Kersauson qui fit découvrir la région à Flo, en 1980, du temps qu'elle prenait l'Ouest pour un asile d'abrutis. Aidée par l'amour, elle apprit à décortiquer la mer (langoustines, araignées, tourteaux), et à se décortiquer elle-même d'une adolescence prolongée. Elle mangea ses premiers ormeaux et premiers « bouquets », ces crevettes anthropophages à goût de frangipane, les plus savoureuses de l'océan. Elle s'émancipa des clichés antibretons en vogue à Paris (alcool, binious, chapeaux ronds, Bécassine). Et de fil en aiguille, finistérienne adoptive, elle aima d'amour fou ce « *pen ar bed* » inconnu dont elle médisait à tout-va, revenant chercher là-bas une vérité qui n'existe nulle part au monde, pas même à Tipaza, pas même à l'ouvert du chenal du Four où les îles du Ponant sont les filles du soleil quand il amerrit, tout de cuivre vêtu, ou les filles du brouillard vêtues de fumée.

Au Conquet, « petit port de caseyeurs et fileyeurs » nous dit l'*Almanach*, Flo a loué le « Forz Ilien » sur les hauteurs de Kermorvan, une batterie conçue par Vauban pour menacer l'Anglais. C'est au « Forz Ilien » que Marie passera les premières années de sa vie dans les effluves de l'iode et la rumeur du ressac. C'est là, au pied du fort, qu'elle pêchera ses premières berniques et ses premiers dormeurs, lesquels ne dorment que d'une pince, sous les galets, attention les doigts ! C'est là-bas, emmitouflée sur le toit du fort, qu'elle verra ses premières îles et verra ses premiers phares illuminer la nuit.

— Et celui-là, maman ?

— Le Créach, ma chérie.

— Et celui-là ?

— Les Pierres Noires, ma chérie.

— Et celui-là ?

— Les Plâtresses, ma chérie.

— Et celui-là ?

— Un camion arrêté, ma chérie. Les poubelles, je crois.

— Tu les connais tous, maman ?

— Ton papa aussi, ma chérie, les connaît bien.

Elles y vont par tous les temps, ou presque tous les temps, sa mère et elle, aux îles. En Zodiac avec Kersauson, en voilier avec Costo, le cousin pied-noir de Flo, un habitué du coin. Elles y vont entre filles, entre mère et fille. Elles prennent le « courrier » du matin, le vieux nouvel *Enez Eussa* qui relâche à Molène une heure et demie plus tard, par mer belle et ciel clair. Elles ont la chambre 10 au *Castel an Doll*, dernier débit de boissons licencié IV, dans l'archipel, dernière auberge en activité. Les lieux ont pour maître et skipper Erwan Masson, Molénais pur lichen, émule de Johnny Hallyday, son fan le plus occidental en Asie. Non, je ne sache pas que Johnny ait jamais débarqué à Molène, en dépit des invitations réitérées d'Erwan à venir y mettre le feu : à venir briser ses chaînes à la chambre 10 avec la louve de son choix. « Que je t'aime » est écrit sur tous les murs de la baraque, dans la cage d'escalier, le couloir d'entrée, au zinc bien rétro qui fait honneur à l'idole des jeunes chaque fois qu'on attrape un verre, un sous-bock, ou qu'on lève les yeux sur les mille et une photos scotchées au miroir, ou qu'on tend l'oreille aux 45 tours éraillés du juke-box Rock-Ola racheté aux descendants d'Al Capone. Chez Erwan, on a tous en nous quelque chose de Tennessee, qu'on le veuille ou non, même les goélands des alentours plutôt clients d'Alan Stivell.

Aucun besoin de Johnny en chair et en os pour invoquer Johnny, là-bas, pour mettre le feu aux colères du sang. Et les soirs d'hiver, quand la mer ne se montre plus, confisquée par la nuit noire et par la bourrasque, il ne faut pas avoir l'ouïe bien fine pour entendre les karaokés tempêter à l'unisson du vent. Qui les entend ? Les goélands, j'imagine, et les phoques embusqués sous les morceaux de pneus qui rembourrent la cale du courrier. Chantez les filles, chantez Marie, chantez Flo, chantez pour adresser au monde le signe de joie qui lui rendra l'espoir, acclamez l'amour de la part de Johnny, le *guitar hero*.

« Elle inventera l'amour fou pour n'en manquer jamais, écrivit le destin dans sa main dépliée, à quelques jours de sa naissance, et l'amour lui fermera les yeux. »

Il biffa : « Et la mer lui fermera les yeux », corrigea-t-il.

Erwan à la guitare, mère et fille au micro sur pied, les « Que je t'aime » à tue-tête faisaient gémir les fantômes pelotonnés sur les chaises de la salle à manger vide, et Flo, entre deux chansons, leur disait combien ils étaient toute sa vie, et combien, avec Marie, elles se réjouissaient qu'ils aient pu faire un saut à Molène, se désenchaîner pour une fois des murs de l'enfance où ils s'étaient connus rue de la Tour et ailleurs.

— On se ressemble sang pour sang ! déclarait une Marie surexcitée, la sueur aux narines, ses cheveux verts gesticulant sur les murs en ombres tentaculaires.

— Oubliez pas mon père ! implorait Erwan sourdement. Oubliez pas Robert, et il faisait vibrer longuement la note la plus caverneuse de sa gratte électrique, une Fender de 58 irisée comme les « vieilles » immangeables du chenal.

Robert était son ange gardien, tel Jacques Arthaud pour Flo et pour Marie, et tel Jean-Marie pour elles deux après août 2003. Assis sur toutes les chaises en même temps, Robert fumait des cigarettes fantômes, un tabac d'éternité qui ne lui faisait plus mal, plus rien.

Le karaoké reprenait : la moustache des phoques se remettait à frémir sous les pneus de la cale, et la gorge bombée des goélands à frétiller du côté des poubelles.

Après la fête on cassait la graine encore une fois. On cassait la mer : on cassait crabes et l'on farfouillait bigorneaux, l'on touillait mayonnaise au jus d'araignée poivré. Et l'on buvait blanc sec ou champagne, les meilleurs des amuse-gueules aux approches du petit déjeuner. Quand mère et fille montaient à la chambre 10, elles se laissaient tomber tout habillées sur le lit où Robert et sa femme faisaient leur nuit à l'heure allemande.

Un jour, aux pâles heures, eut lieu l'échange suivant dans la salle à manger du *Castel*. Chanté, bu, mangé, dansé des rocks tout feu tout flamme, invoqué les esprits : fait tourner tables et chaises avec Robert et ses pairs : on ne savait même plus ce qu'on avait fait pour amadouer la nuit. Et voilà qu'une clope de l'amitié ramenait la douceur au point du jour, libérant des aveux qu'on pensait ne jamais entendre dans la bouche d'une mère aussi jacteuse que renfermée – de sa vieille folle de mère incapable d'un mensonge ou d'une vilenie.

— Quelle différence entre Dieu et moi, disait Flo, quand tu es née, Marie ? soupira Flo. C'était un miracle et c'était moi l'auteur du miracle.

— Je suis le miracle ?

— Comment dire autrement pour l'enfant que tu vois sortir entre tes cuisses. On dirait un fruit de mer à visage humain, tout mouillé, tout fripé, avec des traces de sang. D'où vient-elle, cette petite créature ? Et en plus elle sourit, elle rêve. Tu es née en souriant, chérie, en rêvant.

— Raconte-moi ton accouchement, maman, ne me cache rien.

Flo raconta.

« La naissance de Marie eut pour moi quelque chose de divin. Nous allions partager un bout de vie ensemble pour le meilleur… Elle dormait sur mon ventre, à la clinique, étalée comme une étoile de mer », écrivit-elle.

— C'est drôle, maman, quand je t'entends j'ai l'impression d'être ton plus beau souvenir.

— Tu es mon plus beau souvenir, et pourtant je n'avais pas la fibre maternelle, ma chérie. Heureusement que ta grand-mère était là pour m'aider. Ton père aussi, un héros, il ne dormait plus. Et maintenant tu es aussi mon avenir, tu es tous les jours de mon avenir, on est soudées qu'est-ce que tu veux !

— Je veux qu'on reste soudées, maman, comme au début.

— Je sais, chérie, je fais un drôle de métier… Tu n'imagines pas comme je pense à toi, en mer, la nuit. Et je demande l'impossible aux étoiles, je sais. À propos d'avenir je vais devoir m'absenter quelque temps, je ne peux pas t'en dire plus.

— L'« Odyssée des Femmes ».

— Bingo !… Ça coûte un bras, ces gonzesses. On ne me propose pas le bras, mais la valeur d'un petit doigt, le fameux « début à tout ». J'ai dit oui. C'est pour des filles comme toi, que je me bats aussi, chérie, pour ta génération. Elle va faire parler d'elle, cette « Odyssée », toutes ces nanas qui en ont ras le bol de par le monde. Tu viendras aux escales, chérie. Tu viendras ? Tu pourrais témoigner, toi aussi, et dire la galère que c'est d'avoir une mère toujours en vadrouille. Une émission de télé, Marie, un truc nouveau, c'est top secret pour le moment. Tu n'en parles à personne, surtout pas à ta grand-mère, elle me tuerait.

« Quand je dors, oui, ça va, j'oublie en dormant. Mais au réveil, le matin, je n'arrête pas d'y penser, j'ai des crises de larmes et je revois les deux fumées noires au-dessus des buissons, je revois tout, j'entends ce bruit que je n'oublie jamais, un bruit comme un… On n'avait ni extincteur ni eau, on était paniqués, impuissants à dégueuler », écrivit Philippe Candeloro.

Flo regardait le dossier d'une chaise à bascule à travers la fumée de sa clope. Elle ne pensait à rien de précis. Elle était heureuse du temps passé avec Marie, cette nuit, de la manière dont elle avait élevé sa fille, en la trimballant comme il est normal de trimballer avec soi la chair de sa chair, quand on est marin. Et ça n'arrêterait sans doute jamais, cette course à la mer et au fric de la mer, cette odyssée des illusions.

— Tout se tient dans les souvenirs, chérie, poursuivit-elle, toute la vie. La mer a besoin de toutes ses gouttes d'eau pour être la mer, et la mémoire est la mer des souvenirs, qu'est-ce que tu crois, les plus beaux comme les plus pénibles recyclent nos rêves, nos ambitions… Il ne faut rien oublier, rien, pas une seule goutte d'eau ne mérite l'oubli… D'ailleurs si je perdais…

— Si tu perdais quoi ?

— La boule, chérie, j'ai oublié… On va se coucher ?

D'ailleurs si l'on perd…

20

Son rôle…

… si l'on perd la mémoire on perd tout en un clin d'œil, se disait Flo dans l'avion en descente. On n'est plus soi, plus personne, rien. Pas même un légume à l'aise dans sa peau. Brrr, Dieu me préserve d'en arriver là. J'ai besoin que ça cause, moi, que ça bouge dans mes neurones, que ça remue ciel et terre et me dise à chaque instant où je vais, d'où je viens, tout ce que je sais déjà… Où je vais, non, je ne sais pas, surtout aujourd'hui. Mais j'arrive encore à me poser la question, à me demander si j'ai bien fait d'accepter et si le fric de la mer justifie toujours les moyens, si c'est vrai qu'il n'a pas d'odeur et que seul l'horizon personnel est joli, blabla… De quoi je me plains ? Un esprit sain dans un organisme pas trop amoché : un cœur et un foie normal, c'est ce qu'il m'a dit, le toubib de l'émission, que demande le peuple ! « On n'est pas toujours obligé d'abdiquer ses facultés intellectuelles en vieillissant, madame », ça aussi il l'a dit… « En vieillissant », l'horreur… J'adore qu'on m'appelle « madame », c'est le dernier palier avant « la vieille », ça sonne bourgeois. Quand je serai vieille, avec des bobos partout, j'irai traire mes biquettes au cap de Creus, en plein cagnard, et je leur raconterai mes histoires, à elles et à la mer – mes souvenirs. Ma première natte à Sainte-Maxime, mes premières boules de neige à Grenoble, debout sur les skis de maman, le premier matelas pneumatique de Jean-Marie, quand il m'appelait son « vieux saumon » en me tenant la tête sous l'eau…

Quand Hubert est né, quand papa imitait la voisine du 11, quand Jean-Marie confectionnait des voiliers grands comme la main pour aller en Afrique, le pays où il était roi, quand on a eu le 445 et qu'on s'amusait à dire « tut ! tut ! » en doublant celui qui pensait gagner la régate, quand j'ai passé ma troisième étoile, quand j'ai bu mon premier vin chaud, quand le mono m'a roulé un patin dans « l'œuf » en panne, quand j'ai lu *Moby Dick* à l'hosto, quand… Mon enfance aurait pu durer toujours si le roi d'Afrique n'avait pas fait ce qu'il a fait : cassé notre enfance, lui qui ne cassait rien.

Une enfance interrompue, voilà comment Flo voyait sa mémoire à cinquante-sept ans.

Son rêve de perfection, elle, enfant, son royaume, c'était le bateau qu'elle pensait ne jamais avoir sous les pieds, le voilier paré de toutes les options qui mettent en joie les speedos, et dont les sponsors ne fournissent éventuellement les moyens qu'aux voileux traditionnels, gens qui pissent debout.

Elle revoit *Pierre Ier* dans les plis noir et or de sa robe de satin, le jour de sa mise à l'eau à Conflans-Sainte-Honorine. Elle se revoit descendant la Seine au moteur à travers la campagne et les jardins ouvriers, les conurbations grisâtres des banlieues champignons. Elle se revoit glissant à vingt-cinq nœuds sur peut-être pas le plus véloce, mais le plus félin des trimarans inscrits pour le défi du « Rhum 90 », celui que tous les skippers voulaient remporter, et qu'elle remporta.

Jusqu'à la dernière seconde elle avait hésité à se montrer raisonnable et consciente du fric abyssal qu'elle risquait de faire perdre à son généreux commanditaire, en s'obstinant à courir le défi, mal en point comme elle l'était. La presse avait dit : Partira pas. La presse avait dit : Partira, reviendra. La presse avait dit : Abandonnera, pleurnichera, Arthaud est nulle, une mondaine. Hernie discale, maux de ventre intimes, amours impossibles, on ne prend pas la mer avec de tels ennuis à gérer, Florence : on n'est qu'une femme, après tout, une machine à bobos. Parvenue aux Açores, elle s'était mise à saigner, à mourir, à se retrancher moralement de cette cavalcade océanique au goût de sang. Ce n'était pas la première fois qu'elle saignait et mourait d'hémorragie, mais la première qu'elle perdait son sang jour et nuit après avoir perdu son enfant quelques jours plus tôt ; la première que l'odeur funèbre du sang se mêlait à l'odeur de la mer quand elle respirait, quand elle suppliait Anne-Marie de lui porter assistance, sa maman et tous les fantômes qui lui voulaient du bien.

Trois jours qu'elle barrait insensiblement un voilier qui n'allait plus à la Guadeloupe, happé dans le sillage irrésistible d'Alain Colas et des marins dérobés à leurs chimères par le destin. Trois jours d'agonie, semi-consciente dans le cockpit central de

Pierre Ier, se prenant les paquets de mer non-stop, ne mangeant rien, ne fumant plus – délirant et chialant. L'argent ? Tant pis pour l'argent. La course ? Tant pis – Arthaud est nulle, une poule mouillée. La vie ? Tant pis pour elle, et tant pis pour l'enfant qu'elle ne méritait pas d'avoir et n'aurait jamais. Elle n'avait que ce qu'elle méritait : cette espèce de sommeil idiot qui fait tout s'arrêter même l'angoisse de la vie, même la mer, et vous emmène on verra bien où.

« Elle sera terrifiée par la mort, écrivit le destin dans sa paume, lorsqu'elle était fœtus au stade où la peau devient parchemin, mais elle tentera jusqu'au bout de s'en faire une ennemie. »

Lucky Poupon l'avait survolée, Kersauson l'avait survolée, le ciel noir s'était couvert d'avions, la mer de bateaux, l'infini souriait. Le soir un horizon rouge escaladait les Saintes et se laissait retomber comme une lave dans la baie de Pointe-à-Pitre où resplendissaient les hourras d'un public venu du fond des âges pour la saluer : saluer la mer, saluer la mort, saluer la vie, saluer Flo qui renaissait de la mer et du vent, vainqueur du point d'interrogation que le voileux ramène intact à ses semblables, et qu'il est le premier à ramener : l'amour d'autrui.

Juste avant d'affronter les flashs et les médias elle passa son *Peace and Love*, le tee-shirt qu'elle s'était juré de porter à l'arrivée si *Pierre Ier* gagnait. En la voyant à la télé, cette nuit, le monde entier lirait sur ses seins les deux mots qui la poussaient à risquer sa peau sur des voiliers vifs comme le vent : « Amour » et « Paix » – deux slogans tatoués sur les phalanges noires du boxeur afro-américain Ali quand il parvint à désunir Frazier au finish en 1976.

Elle bipa l'hôtesse de l'air pour un énième verre de chablis.

— Nous sommes en phase d'atterrissage, madame, et il y a des turbulences, attachez-vous.

— Vous craignez quoi ? Une queue de renard sur la moquette ? Allez, soyez sympa, j'ai peur en avion.

Elle eut son chablis, le but d'un trait face au hublot. Elle appellerait sa mère en arrivant. Lui dirait : Ça va, maman, tranquille, je compte sur toi pour Marie et pour Bylka, dis-leur que ça va. Dis-leur que je n'avais pas le choix. Ne leur dis rien, maman, embrasse-les comme deux amours, n'oublie pas : deux amours, avec toi ça fait trois. Dis-leur… Je t'embrasse, maman, tu ne réponds jamais au téléphone, c'est chiant, mets donc la sonnerie…

Bon Dieu ! Est-ce qu'elle avait laissé les clés de l'*Argade* à Arnault ?

En sortant de l'aéroport elle dut mettre ses lunettes de soleil. Elle avait oublié la blancheur de la lumière à Buenos Aires. Puis elle attendit qu'on vienne la chercher. Ce beau gosse à chemisette blanche, peut-être. Pourquoi regarde-t-il l'heure à son poignet ?

— Nous sommes sans doute filmés madame Arthaud, moi-même je n'en sais rien. Par ici, s'il vous plaît, on nous attend à l'hôtel. Vous nous faites un grand honneur en participant à *Dropped*. Demain matin nous décollerons de bonne heure après une bonne nuit, chaque minute compte.

Huit jours plus tard, lundi 9 mars 2015 au matin, *Dropped* et ses participants arrivaient en camion à Villa Castelli, une paisible agglomération au pied de la cordillère des Andes, au nord-ouest de l'Argentine. Le footballeur Sylvain Wiltord avait déjà regagné ses pénates, éliminé. En lice restait l'équipe des « rouges » au complet : Philippe Candeloro (patineur artistique), Jeannie Longo (cycliste), Alain Bernard (nageur), Anne-Flore Marxer (snowboardeuse) ; restait l'équipe des « bleus », à trois désormais : Alexis Vastine (boxeur), Camille Muffat (nageuse), Florence Arthaud (navigatrice). Après un affrontement test dans le sud du pays – un test éprouvant – allaient débuter les immersions extrêmes dans la pampa, là où les plus athlétiques et les plus médaillés des champions peuvent se changer en martyrs fous d'un panorama ravissant comme l'Éden.

Dropped n'est qu'un jeu d'enfants, dans son principe. On vous lâche dans la nature, livré à vous-même et aux éléments. En bon débrouillard que vous êtes, vous mangez des animaux et des plantes, vous effrayez les nuisibles (moustiques, serpents, canidés et autres), vous venez à bout des contrées labyrinthiques sans ombre et sans eau, sans issue, vous vous trouvez une belle étoile où dormir à l'abri du chaud et du froid, et, trop content d'évoluer en solo dans ce cadre virginal dont vous avez la primeur, vous rejoignez par vos propres moyens la civilisation aux dents longues, fier de vous être surpassé, heureux de rapporter des points à l'équipe heureuse de vous en rapporter aussi, résolu à ne rien lâcher jusqu'à la victoire

– le sens même de la vie. La prochaine fois, toujours, *hasta luego* !

Et si vous déméritez, si l'inconfort de la pampa vous crée des bleus à l'âme – vous êtes viré.

Villageois et participants s'amusèrent comme des petits fous, ce matin-là. Le tourisme battait de l'aile, à Villa Castelli, on était reconnaissant à la télévision française d'avoir choisi leur région, une aubaine inespérée, un honneur. Sur le terrain vague dédié au foot et à l'atterrissage des hélicos, en bordure du village, deux enceintes fournies par la mairie diffusaient un pot-pourri des plus beaux rythmes argentins, *zambas* et *carnavalcos*. Les beaux Français médaillés dansèrent avec les enfants, les parents, avec la famille et les amis de leurs amis, le maire et ses adjoints. Ils leur offrirent des tee-shirts *Dropped* à leur effigie paraphés au marqueur, promirent qu'ils reviendraient vite et qu'entre-temps ils enverraient des cartes postales avec la tour Eiffel dessus et Brigitte Bardot. Mais oui, un dernier selfie, ma grande, mais oui avec ta mamie dans son fauteuil roulant. Mais oui on peut faire un câlin, un dernier câlin.

Dropped l'exigeant, ils déjeunèrent entre eux dans une espèce de vestiaire aménagé à leur intention, un bungalow où ils pouvaient se détendre avant le vol d'immersion dans la pampa – destination inconnue.

Détendus, les participants commençaient à l'être, comme un équipage après quelques jours de mer. En bout de table, seule à boire du vin blanc, à trouver délicieuses les grillades épicées, Flo les écoutait se raconter leurs souvenirs glorieux comme s'ils remontaient au déluge, et comme si le déluge leur manquait. À elle aussi le déluge manquait. À elle aussi *Dropped* faisait l'effet d'une aubaine. Star, elle était star et condamnée à le rester. Elle savait à quoi s'en tenir avec la téléréalité. Elle avait vu *Koh-Lanta* et d'autres… On vous épuise, on vous humilie, on vous donne à manger des araignées velues, le public adore voir les *people* manger des araignées bien noires et velues, déglutir des vers en louchant sur le désespoir. Elle ne craquerait pas, non, elle ne laisserait pas les bobos faire d'elle une gourde qui chiale et dit n'importe quoi, elle ne flanquerait pas la honte à Marie… Elle crapahuterait comme elle avait fait toute sa vie, jusqu'au bout, n'aimant rien tant que se perdre et tirer au clair les points cardinaux, se retrouver et gagner, pouvoir dire à…

— Excusez-moi, madame Arthaud, on…

21

… jusqu'au bout

— Excusez-moi, madame Arthaud, on ne s'est pas beaucoup vus, ces jours-ci…

Philippe Candeloro lui parle, un genou au sol, il s'est glissé entre elle et Alexis Vastine.

— … Oui, j'ai adoré ce que vous leur avez dit le premier soir, au pot de bienvenue…

— On peut se tutoyer, tu sais. Je ne suis pas aussi vieille que j'en ai l'air.

— Et moi pas si jeune, cool. Ouais, tu leur as dit que tu faisais ça pour le pognon, et uniquement pour le pognon… Avec les autres, moi le premier, on est restés sur l'option « défi personnel », « aventure », « détresse climatique »… Et surtout pas touche au grisbi… Typiquement français, quoi… C'est tout, je te laisse déjeuner… T'as vraiment la classe avec tes petits verres de blanc… On est tous à l'eau.

— T'en veux un ?…

— Je préfère pas, merci… Et désolé de t'avoir dérangée.

— Tu ne me déranges pas, Philippe. J'fais peur comme ça, mais je suis gentille.

— Philippe, exact, bravo. L'assistant réal pensait que je m'appelais Richard, ça calme… Tu veux que je te dise ? C'est toi qui as raison, Florence, on fait tous ça pour la thune.

— Le fric, oui, pas que…

L'image, la télé, ça rassure… Elle allait retrouver bientôt la lumière des flashs, les interviews, le délicieux frisson d'être reconnue dans la rue, elle signerait des autographes dans les magasins. On lui dirait : On vous a vue hier soir à la télé, madame Arthaud.

— J'ai intérêt à me mettre bien avec les médias, en ce moment, dit-elle, j'ai des projets…

Avec le barouf de *Dropped* on allait la revoir à la « une », l'aimer, la calomnier, l'injurier comme au bon vieux temps, la jalouser. Une promo inespérée pour « L'Odyssée », pour les femmes. Bientôt les sponsors se battraient pour lui donner de l'argent.

— On a tous besoin des médias, tu me diras, dans nos sports de compète… Et pareil pour Alexis et Camille, ils rament… Je les adore, mes équipiers, la pêche qu'ils ont… Quand ce sera fini, je vous emmènerai tous faire un tour en mer, chez moi en baie de Marseille. T'es sûr que tu veux pas un verre ?

— Ça ira, merci.

« EMBARQUEMENT IMMÉDIAT POUR MMES FLORENCE ARTHAUD, CAMILLE MUFFAT, ET M. ALEXIS VASTINE… JE RÉPÈTE… »

Par la fenêtre du vestiaire, Flo vit se dandiner le dôme étincelant d'un hélico en train de se poser, repoussant un nuage de poussière fauve. Il s'immobilisa, le rotor s'immobilisa. Une porte s'ouvrit sur le côté et l'homme de l'aéroport surgit, toujours en chemisette blanche. Il regarda sa montre. Soit c'est un maniaque des horaires, soit il aime sa montre, pensa Flo. Et elle regarda la sienne.

— La dernière fois que j'ai vu un hélico d'aussi près, dit-elle en se levant, c'était moins une, j'allais me noyer, je te raconterai en arrivant… À plus, Philippe.

Elle se dirigea vers la sortie. « Chemisette blanche » l'attendait dehors pour l'équiper – le micro, la balise GPS. Il lui fit écraser sa clope, prit le paquet, sa montre, lui banda les yeux. Attention, Florence, tout ce que vous pouvez dire maintenant est susceptible de passer sur les ondes, vous êtes prévenue. La prenant aux épaules, il la fit tourner plusieurs fois sur elle-même, et comme elle commençait à tituber il la conduisit à l'hélico sous les encouragements des villageois.

— Ça ira, Flo ?

— Moi ça va toujours, c'est ma devise.

— C'est bien, Flo, c'est l'esprit *Dropped.*

Montée dans l'appareil, elle ne vit pas Alexis monter derrière elle et se retourner vers la foule des villageois, les yeux bandés lui aussi, les bras ouverts, un sourire d'ange, elle entendit les applaudissements. Elle ne vit pas non plus le second hélico – un « Écureuil » de mer *sister-ship* du premier – se poser dans une corolle de poussière à quelques mètres de là.

Elle fut installée sur la banquette arrière entre Camille Muffat et Alexis Vastine. On s'assura qu'ils étaient bien attachés, la taille, les épaules. Des vraies sardines, se dit Flo, j'ai connu pire.

— Gardez votre bandeau jusqu'au point d'arrivée, fit une voix d'homme. Vous ne devez ni l'ôter ni le toucher. On ne se gratte pas, on est fair-play. Et au premier geste suspect on est éliminé. On se retrouve sur zone dans sept minutes chrono, bon vol.

La portière claqua, l'hélico vibra, la note aiguë des turbines résonna, assourdissante, ponctuée par le *vlouf* régulier du rotor qui commençait à tourner.

« On était dans le camion de la prod, écrivit Philippe Candeloro. On faisait partie de la seconde rotation. J'étais content d'avoir parlé à Florence, une chouette nana. »

Et cependant qu'au Racing Club de Paris, six méridiens à l'est, Marie trouvait bien excité le nouveau cheval qu'elle essayait sous l'œil attentif de sa grand-mère, l'AS 350 Écureuil LQCGK affrété par ALP pour ses prestigieux invités s'élevait dans l'air brûlant de la *Quebrada del Yeso*.

Si nos mères nous voyaient, lança Flo, pour rire, sachant bien qu'un jour leurs mères les verraient à la télé, transpirants et mal à l'aise au fond de l'hélico, les yeux bandés comme du gibier de potence…

« L'autre appareil, celui qui s'était accroché à un arbre, était moins abîmé, écrivit Philippe Candeloro, mais l'incendie était plus impressionnant, une énorme boule de feu, la terre tremblait. »

… Anne-Marie la verrait, Hubert la verrait, Marie, Françoise, Arnaud, Marie-Claude, la famille la verrait, les amis du café du port, Bylka la… Elle entendit crier en espagnol, très loin, une seconde à peine, et l'accident se produisit. Au sol, passé la résonance éparpillée du premier choc, on voyait au ciel ce qu'on n'aurait jamais dû voir, et jamais d'aussi près. On voyait l'accident briser l'un contre l'autre les rotors de ces deux jouets volants qui s'étaient pris pour des aéronefs, on voyait pleuvoir des morceaux de lumière, des choses, tomber en ayant l'air d'hésiter les deux joujoux du destin qui n'en voulait plus, d'ailleurs, et les abandonnait tels quels aux flammes et aux puanteurs de l'essence carbonisée, dans la nature.

À la seconde où Philippe Candeloro sursautait au bruit mat de la collision, bruit dont il déclara qu'il s'agissait d'un « Bam ! » et non d'un « Boum ! », Flo venait d'arracher son bandeau, ultime instinct. Une main douce lui toucha l'épaule : « Vieux saumon, va ! dit une voix rieuse. J'y serai avant toi… » Riant à son tour elle répondit : « Même pas en rêve, frangin, même pas ! » et elle se remit à nager dans l'ombre. Des lumières brillaient à la côte, là-bas. Elles brillaient toujours quand la mer lui ferma les yeux.

Table

1. Ni mon Amante ni mon Amie....... 17
2. Suite.. 25
3. Top Secret 31
4. Bottines roses 41
5. Genre la Mer.................................... 59
6. Un Chat un Chat 75
7. Verbatim.. 83
8. L'Héroïne de sa propre Vie.......... 95
9. Acte manqué 111
10. Traversée 117
11. Observer Single-Handed
Trans-Atlantic Race 76.................. 131
12. Chez les enfants 141
13. Oui.. 153
14. Dèche.. 159
15. Rhum 169
16. Entre Gonzesses............................ 183
17. Non !... 189

18. Les Paluches de Mickey 199
19. La Forêt des gouttes d'eau 213
20. Son rôle… 235
21. … jusqu'au bout 243

Du même auteur :

Romans

Le Charme noir, Gallimard, 1983.
Les Noces barbares, Gallimard, 1985. Prix Goncourt.
La Femme sous l'horizon, Julliard, 1988.
Le Maître des chimères, Julliard, 1990.
Prends garde au loup, Julliard, 1992.
Disparue dans la nuit, Grasset, 1994.
Noir Animal, Bartillat, 1995.
La Force d'aimer, Grasset, 1996.
Happy Birthday, Sara, Grasset, 1998.
Osmose, Laffont, 2000.
Boris après l'amour, Fayard, 2002.
Vert cruel, Bartillat, 2003.
Moi et Toi, Fayard, 2004.
Les Affamés, Fayard, 2004.
Ma première femme, Fayard, 2005.
La Dégustation, Fayard, 2005.
L'Amante, Fayard, 2006.
Mineure, Blanche, 2006.

L'amour est fou, Fayard, 2006.
Le Plus Heureux des hommes, Fayard, 2007.
La Puissance des corps, Fayard, 2009.
Les Sables du Jubaland, Plon, 2010.
Le Dictionnaire amoureux de la Bretagne, Plon-Fayard, 2013.
Désirable, Le Cherche Midi, 2014.
L'Homme de ma vie, Guérin-Paulsen, 2015.
Le Dictionnaire amoureux de la mer, Plon-Fayard, 2018.
Naissance d'un Goncourt, Calmann-Lévy, 2018.
Demain est une autre nuit, Calmann-Lévy, 2019.

Autres ouvrages

Béla Bartok, Mazarine, 1981.
Édition revue et corrigée, Stock, 1993.
Le Poisson qui renifle, livre pour enfants, Nathan, 1994.
Le Pingouin mégalomane, livre pour enfants, Nathan, 1994.
Passions criminelles, avec Mireille Dumas, Fayard, 2008.
Tabarly, L'Archipel, 2008.
Adieu, Bugaled Breizh, Le Rocher, 2009.
Le Piano de ma mère, L'Archipel, 2010.
Cadavres exquis, ouvrage collectif, Play Bac, 2011.
La Traversée du Petit Poucet, Le Rocher, 2013.
On l'appelait Bugaled Breizh, L'Archipel, 2014.

Beaux livres

Le soleil se lève à l'ouest,
photographies de Jean-Marc Durou, Laffont, 1994.
Bretagne Horizons,
photographies de Philip Plisson, Le Chêne, 1996.
Toi l'Horizon, La Martinière, 2001.
Idoles, peintures de Jeanne Champion,
Cercle d'Art, 2002.
La Mer, photographies de Philip Plisson,
La Martinière, 2002.
Tendre est la mer, photographies de Philip Plisson,
La Martinière, 2006.
Dictionnaire amoureux illustré de la mer,
Gründ/Plon, 2019.
Dictionnaire amoureux de la Bretagne,
dessins d'Alain Bouldouyre, Plon, 2020.

PAPIER À BASE DE FIBRES CERTIFIÉES

Le Livre de Poche s'engage pour l'environnement en réduisant l'empreinte carbone de ses livres. Celle de cet exemplaire est de :
250 g éq. CO_2
Rendez-vous sur www.livredepoche-durable.fr

Composition réalisée par NORD COMPO

Achevé d'imprimer en février 2022 en Espagne par
BLACKPRINT
Dépôt légal 1re publication : mars 2022
LIBRAIRIE GÉNÉRALE FRANÇAISE
21, rue du Montparnasse – 75298 Paris Cedex 06

44/7506/8